无法掩卷的传世佳作，一生必读的文学经典

CHINESE CLASSIC LITERATURE
中国经典文学名著
典藏本

小时候

绿原作品集

绿　原 著译

長江出版傳媒｜长江少年儿童出版社

图书在版编目(CIP)数据

小时候：绿原作品集 / 绿原著. -- 武汉：长江少年儿童出版社, 2016.7
（中国经典文学名著：典藏本）
ISBN 978-7-5560-4141-1

Ⅰ. ①小… Ⅱ. ①绿… Ⅲ. ①诗集－中国－当代 Ⅳ. ①I227

中国版本图书馆 CIP 数据核字(2016)第 029922 号

小时候——绿原作品集

绿　原 / 著
责任编辑 / 傅一新　佟　一　秦　宇
装帧设计 / 张　青　美术编辑 / 胡金娥
封面绘画 / 祝　叁　内芯绘制 / 祝　叁　刘亚琴
出版发行 / 长江少年儿童出版社
经　　销 / 全国新华书店
印　　刷 / 崇阳文昌印务股份有限公司
开　　本 / 880×1230　1/32　9.5 印张
版　　次 / 2016 年 7 月第 1 版第 1 次印刷
书　　号 / ISBN 978-7-5560-4141-1
定　　价 / 22.00 元

策划 / 海豚传媒股份有限公司
网址 / www.dolphinmedia.cn　邮箱 / dolphinmedia@vip.163.com
阅读咨询热线 / 027-87391723　销售热线 / 027-87396822
海豚传媒常年法律顾问 / 湖北珞珈律师事务所　王清　027-68754966-227

编者前言

绿原，1922年11月8日出生，2009年9月29日辞世，得享“米寿”。在八十八年的人生岁月中，绿原始终与诗为伴，写诗、译诗、谈诗，造次必于是，颠沛必于是。以诗成名，因诗获罪，用诗超脱，诗如胎记一般印在绿原的心底，而诗人的身份更是绿原无比珍视的。

1940年代初，绿原步入诗坛。1942年结集出版的《童话》，是绿原早期的代表作，“语言澄澈，节奏明快，仿若自然流丽的天籁”。“我要做一个流浪的少年，/带着一只镀金的苹果、/一只银发的蜡烛/和一只从埃及国飞来的红鹤，/旅行童话王国，/去向糖果城的公主求婚……”（《小时候》）这样奇幻的诗句，今天读来依然让人惊羡。

1944年后，绿原顺应时代的变化，汇入“七月诗派”的大潮，转向政治抒情诗的创作，声讨战争侵略，呼唤解放和平，激情豪迈。新中国成立，绿原满怀喜悦，目力所及，一切都是那样“单纯、朴素、真挚、明亮和热情”，因此这时期的诗作，像《星星在窗口闪烁》《快乐的火焰》《小河醒了》等都是“真正的暖色调，从未有过的暖色调”。

1955年是一个巨大的转折点。这一年，“胡风集团案”爆发，绿原遭受株连，从此蒙难，竟长达四分之一世纪。在这漫长的二十五年里，绿原蹲牢狱、关牛棚、下干校，受尽屈辱，吃尽苦头。但是，炼狱般的苦难没有压垮绿原，相反锻造了他。

面对无比难熬的生活，绿原顽强地挺着，并坚毅地从苦难中汲取诗情，汲取力量。在十年浩劫中，绿原写出了流传甚广的《重读<圣经>》。这首诗吸纳了《圣经》里的人物、故事，组合巧妙，意蕴深厚。无疑地，绿原从这首诗的源头——《圣经》和耶稣基督那里获得了心灵的慰藉，而在那个年月里，这种慰藉是多么弥足珍贵呀！

此外，苦难还馈赠给绿原一份特别的礼物——德语。在被监禁的日子中，绿原自学并精通了德语，这为他以后的德语翻译事业打下了坚实的基础。

1980年，中央决定给“胡风集团案”平反，绿原喜获自由。重返诗坛，绿原感到既熟悉又陌生，二十五年哪，实在太久了！稍作磨合，绿原蕴积的诗情开始爆发，《唱歌的马》《读桑戈尔》《古意》《高速夜行车》《我们走向海》……一首首杰作横空出世。数十年的人生磨难，数十年的人生经验和感悟的积淀，使绿原如浴火之凤，蹈入了空明澄澈、炉火纯青之境。进入1990年代，绿原的诗又达新境界，孤独幽思，智慧超然，舒卷自如。到了新世纪，绿原的诗更是返璞归真，无迹可求。其中有一首《致一位大侠或大虾（仿网络体）》着实让人惊讶，惊讶之余，不禁感叹：绿原先生好时髦哟！

与诗歌创作并行的是绿原的德语翻译，尤其是德语诗歌翻译，成就斐然。绿原翻译歌德的巨著《浮士德》，翻译海涅，翻译里尔克，翻译布莱希特，翻译威廉·布什的《顽童捣蛋记》，……以诗人的眼光和方式翻译诗，这是绿原与寻常译者的迥异之处，也是绿原高出他们的地方。另外，翻译也使绿原得以接触大量的西方文化，并从中吸取精华，融入他自己的诗歌创作。

绿原晚年还写了一些散文，回忆童年、亲人、故乡。这些散文没有波澜，只有平淡，但平淡得让人想流泪。

绿原的诗《时间》里有这样几句：我对时间说/我走不了，我带不走/我的足迹。绿原走了，不，绿原并没走，因为他的足迹还在。

目录
CONTENTS

绿原诗歌选

为爷爷一代写的诗

为爸爸一代写的诗

为哥哥姐姐们写的诗

为我们写的诗

德语儿童诗文选

巨人的玩具

星星待在高空

越过闪烁的砂砾

顽童捣蛋记

精灵与男爵

绿原散文选

绿原诗歌选

绿原[1]/著

① 绿原先生（1922—2009）是现当代著名诗人兼资深翻译家，生于武汉黄陂区。原名刘仁甫，抗战时就学于重庆复旦大学外文系。1939年开始文学创作，1942年出版第一本诗集《童话》。1955年遭遇“胡风集团”案件，监禁中自学德语6年，出狱后转任德语文学编辑，译名“刘半九”。1980年获政治平反后，为人民文学出版社编审，出版社副总编辑，中国诗歌学会副会长，国际笔会中国中心会员，国际日耳曼语学者协会会员。译著《浮士德》获中国首届鲁迅文学奖优秀文学翻译彩虹奖，译者也是获斯特鲁加国际诗歌节金花环奖的第一位中国人（1998年）。

为爷爷一代写的诗

生　日

大风，
大雨，
我悄悄出了世。
妈妈给我洗着小身体，
指着
一个玻璃般的心：

“你呀，
我的小蔬菜！
你会变绿，
你会分辨
蜜蜂和苍蝇，
你的幸福
从天上落下来

像星光，

像阳光……”

小时候

小时候，
我不认识字，
妈妈就是图书馆。
我读着妈妈——

有一天，
这世界太平了：
人会飞……
小麦从雪地里长出来……
钱都没有用……

金子用来做房屋的砖，
钞票用来糊纸鹞，
银币用来飘水纹……

我要做一个流浪的少年，
带着一只镀金的苹果、
　一只银发的蜡烛
　和一只从埃及国飞来的红鹤，
旅行童话王国，
去向糖果城的公主求婚……

但是，妈妈说：
“现在你必须工作。”

（1941）

弟弟啊，弟弟啊

小河弯过浮桥回家了
最后一只帆船儿回家了
蝙蝠也回家了
萤火虫也回家了
月亮也滚着轮环儿回家了

弟弟，你还没有回来
弟弟，你到哪儿去了
弟弟，今晚你歇在什么地方

是不是
那个野胡子吹着小唢呐
将你盛进他的黑布袋里去了
是不是
那位扶着手杖的老姆姆

请你到她的矮草屋
去唱一支歌呢 去喝一杯茶呢
或者是
沿着池塘去访蝌蚪哥儿
忘记妈妈的叮嘱
让露水凝锁着小眼睛，
让星星流落在梦边
你躺在潮湿的水草地上睡着了呢
好响的夜啊
弟弟
你那滴滴答答的金表儿
已经病得喑哑了
可是你那吱吱哪哪的小风车儿
却还轻轻地在转着呢
红色的瓜儿和青色的豆儿
麻褐色的胡桃儿和绿色的橄榄
都在想着小主人回来

弟弟啊
弟弟啊

啄木鸟向林子喊着你的名字
鹦哥儿向窗外喊着你的名字

纺织娘流着泪
蔷薇花也在流泪
还有长尾的松鼠儿呵
冠鸡儿和橘色的小鸭呵

弟弟啊
弟弟啊

你的小恋人
那像葡萄一般美丽的
　像手风琴一般美丽的
　像金鱼一般美丽的小恋人
有一顶用凤尾草结出来的王冠
　一粒冰糖和一张画片儿
　和一只盛着蓝色肥皂泡的小水桶
要送给你　送给她的小恋人呀

弟弟啊
你为什么还没有回来

当南风先生摇着扇儿
从芭蕉王国旅行回来
你也该回来了

你也该骑着小马儿回来

用小手儿蒙住小眼睛

醒来便是妈妈的手臂……

（1942）

读《最后一课》

普鲁士的兵队
扬卷着黑色的旗
再一次走过洛林，亚尔萨斯的街道……

剥落的墙壁上
布告着柏林与巴黎间的盟约的
不幸的 市政府的辕前，
今天，它不再拥有那探听消息的民众，
它已被改成森严的军司令部了。

哦，年轻的小法兰西，
你说它在关锁着你的
你的学校
今天
是不是又被变作士兵的营房？

连那最后呼喊过“祖国万岁”的黑板
也被普鲁士的长剑劈折了么？
孩子，你该可以捉鸽子了，
孩子，你该可以去打木球了，
孩子，你该可以
将那本灰色的文法
含笑地撕碎吧？
那曾经笑你懒惰的铁匠瓦奇特，
如今，他挑着风箱，
逃亡到什么地方死去了呢？
那曾经陪着你
呜咽着《最后一课》的
忧郁的老赫叟，
如今，他是不是
仍戴着三种颜色的草帽和眼镜
又颠簸到哪儿去了？

这城 这喧闹的城啊，
将永没有礼拜日晨祷的寂静了，
那播落在街心的噪音
不再是你所熟悉的
——不是汉麦先生的戒尺
和同学间哗笑的交响，

是什么?
是粗野的
“大军进行曲”的喇叭啊……
旋叫在蓝天的边缘又纷飞着的
不再是你所放走的鸽哨,
是什么?
是飞机!
是飞机在发散着
“大德意志”招安的传单。

哦,年轻的小法兰西,
当你低头流转在这悲哀的国土上,
那宽阔得使你溶化的旷野,
那深而且密的闪泽的丛林,
那歌唱着而不歇止的河流与公路与铁道,
那不曾遭受轰炸与射击的城市,
都将随着你的脚跟
　被那以战争为美术、
　以火药为谷粒、
　以流血为笑的国家
杂沓地殖民来了……

骑马的人,

带枪的人，
在蒸发着统治者的威严……
甚至可随意地
叩开你的扉扇，
跨进你的门槛。

哎，在这被侮辱与损害的国度，
让悲哀的小法兰西
朝向茫茫的地平线
流着泪喊两声吧：
　汉麦先生啊，
　汉麦先生啊……

当普鲁士的兵队
再从我们的田野操演回来，
再从学校的窗前骄傲地走过……
当你的苹果园
再在寂寞的绿夜里变得凋零……
当课室再被蛛网围困、
悬垂在风中的长明灯
再随着教堂的钟声最后一响
而熄灭了……
呵，亲爱的汉麦先生，

我要做一个流浪的少年
带着一只镀金的苹果
……
去向糖果城的公主求婚

我们情愿给你
用戒尺将手打得血流啊，
谁受得住
再听见你嘶哑着喉咙
泣不成声地说：
　“学散了……
　你们走吧……”

但是，
“悲哀的种族”，
法兰西的小儿子，
你将走向哪块土地去呢？
如果懦怯者和妥协者
还有着他们的日子，
你能在哪儿
呼吸着自由呢？

为了“法兰西的文字
是世界上最美丽的文字”，
站住呵，
而且想一想
那滚热的滚热的滚热的
汉麦先生一再讲述的

巴黎公社
和巴士底狱的故事吧!

用你的哭泣发誓,
用你生命的“最后一课”发誓,
你应该停留,
你应该放一把火,
给这个被灭亡的国家……

落　雪

落雪……
池沼结冰
动物冬眠

天空变得像丘陵
再也不是
溶解般的蓝色的平原了

这日子
仓屋该被谷粒膨胀着
白天该没有乞丐
夜间该没有盗贼
好像一切饥饿的生命
都该被这白茫茫的面粉满足了

雪落着……

我悄悄拍落身上的雪

不敢惊动烛树下的梦

跳一跳

搓一搓贫血的手

动脉也凝冻了

风像箭……

没有房屋住呵

好孩子，不要抱怨——

说蛇是含着泥爬进土穴的

说野火是从田亩烧起的

说植物的根须还纠缠着而且是潮湿的

说你的骨骼还是串响着的

说土地在蜕变

明年生活该好呀，孩子

圣诞节的感想

落雪了，
落雪了，
雪呀
跪在风的绞绳下面，
学羽毛一样……

安徒生先生，
不给我讲一个雪的故事吗？
你不是说吗——
　母亲梦见白鹅儿划过了天河，
　小妹妹就出了世：
　那时候，
　雪呀，
　白白的雪
　掩盖着

白白的雪一般的梦呀！
你卖给我一本神话的小册子，
我读着
两扇古铜色的小门儿自己会打开：
有学象的鼻儿一般长
还装着糖果的袜儿呀，
有学蜡烛一样放着光的
冰柱呀，
有学柏叶一样张开手指的
珊瑚呀，
还有，还有
猜谜语的白胡儿缓缓走来了，
还有远远一声钟响像颤抖的火焰呀！

噫，这是什么节日，
什么节日呢？
安徒生先生，你悲哀地答应我：
就在小驴脚敲着冰锣的时辰，
一位老师
从伯利恒
向耶路撒冷去寻十字架去了……
那么，让我问问你：
千年来，

难道人们就只用一点儿雪
来纪念曾涂过一枚锈钉的圣血，
用渺小的幸福来纪念
伟大的痛苦吗？
你说：不，
人们还要举行弥撒的。

弥撒望完了，
人们愈有福气了。
这时，你又讲着——
　一个小乞儿
　用命运的杯子
　讨满了轻蔑的唾沫，
　当寒冷的警报吩咐大树
　不能回想戴着花发的年代……
　他
　被这白雾般的雪
　拘捕了！

我们的城儿
饮醉了，
醉得太浓
浓得化不开的城儿呀，

你放心睡吧，
替你看夜的不是有
这乞儿的叹息，
　轻得像雪的叹息吗？

乞儿呵，
你有一根火柴没有呵？
乞儿呵，
从火影里面低头走来的
是不是
你的祖母呵？
乞儿呵，
亲爱的雪
漂白了你……
静得很，
静得很呢！
顽皮的孩子，你不要吵——
音乐冻结了，
音符变成插画了，
雕刻溶解了呀……

但是，安徒生先生：
你这不好听的故事，

又叫你的小读者要哭。
你想，
这背时的世界
连气候都这么恶劣，
一定是
匪贼们对它开过枪，
又用火灾惩罚了它。
现在，
最好的变得最不好，
甲拿捐税赔偿乙的利息呀！
你想，
羊儿气得自己剃断角儿，
鸟儿忧郁得吐着血，
小河倒流起来，
原来头发般守秩序的软草儿
也学刺猬一样造反了。
而且
你想，
在这荒芜的园子里，
红翅蜂搬了家，
蚂蚁封锁了洞门，
小草儿脱了帽，
有一种叫做花红的青苹果

也被人家用钱买了……
呀，呀
快乐王子，你在哪里？
快乐王子，你在哪里？
快乐王子，
你这一杯酒
泼到哪里去了？

亲爱的小弟弟，小妹妹
请不要对我发气，
我并不比你
更欢喜这害病的世界！
现在，雪像面粉
像面粉铺成的沙漠，
呀，天使牧着白云
穿过拱窄的圣门时，
像邮差一样背着祝福的口袋
来询问你们的名字了……
呵，有什么理由
使我能对你们
还嗫嚅着
这些没有意义的谎话呢？

（1942年）

动物园

动物园在人的闹市里赚钱
花一百元去游历世界
“到非洲去！到海洋去！到大空去！”

有忠实的小白象
让它想不起祖先的牙窟吧
有凶猛的老虎
让它脱离旋风的卫队吧
有忍耐的骆驼
让它流着涎水去怀念沙漠吧
有阴险的鳄鱼
让它失掉波涛的披肩吧
有残忍的猫头鹰
让它也不再有它的白夜

咦，中国也有个“海京伯”[1]
一只手是电鞭，一只手是肉
把这些永远不能合作的生命
组织成一个快乐的家庭
再叫一个从小在坛子里长大的
一尺来高的畸形人去
排解这些亲人们的纠纷
但它们是不会忘记自己的故乡的
活泼的猴子每夜都有树林里的梦
冰凉的蛇记得印度的音乐
寒带的大熊诅咒晒不得的太阳
连狡猾的狐狸这时也会诚实

哦，里面的世界和外面的世界
分不清哪一边是动物园
哪一边是人的闹市
因为有些动物有人的悲哀
有些人又有动物的欢喜
在这个颠倒的时代，落得
“海京伯”坐在神秘的沙发上
等候着门票的总额

（1946）

① “海京伯”：某外国著名马戏团。

草

草是朴素的
它没有花卉
在脚和蹄子下面
它多么卑微

它抵抗着霜
它悄悄萎黄
明年它又虔诚地变绿
陪伴着土地的荒凉

它爱重自己
它更爱重世界
种子和春天来了
它说它愿意让开

（1949）

神话的夜啊……

一

夜是一个赌徒
有无数颗珍珠
和一枚银币……

有小河在喃喃做梦
有玉蜀黍像宝石放光
有虫乐在交响……

这样，也就够富贵了
让我喝点露水
说醉了　醉了

回去睡

明天早起
我将溶解在
声音的队伍里

二

熄灯的时候
灭烛的时候

鸡啼的时候
我唱歌的时候

我跪着
向东方
辞别着夜……

从梦谷里爬出来的
从夜间蒸发出来的
新鲜的生命呀
我问你们好

好

你好

大家好

我将骑着马

乌啦

乌啦

——喊着

向森林去

呼吸空气

（1942）

春天与诗

一　回来了

冬眠的日子停止了

蜜蜂从六角形的窄屋里出来了
蛙群含着泥
沿着土地的脉络出来了
像马队　踢踏着
像海　粗笑着
春天回来了
像举起一只红色的酒杯
和一只金属的火把
春天回来了

二 水边

解冻的野水
又从冷漠的岩谷边
呈状若抛物线流响着来了
水磨的轮轴
又被水流推转了
水草林里
一群灰黑的小蝌蚪
不声不响
等着春雷蜕断小尾呢

扬子江

扬子江啊，
你又浑黄了。
浑黄了，何日再澄清？

扬子江啊，
我要同鲫鱼一起
用脚当鳍跟着
你的潮水跑。

扬子江啊，
快点，快点
流到海。

（1943）

孩子和泥土

孩子们都爱玩泥土，
不知道这是肮脏的。
天晴了大伙儿去抢
　喷着光线的尘埃，
在细雨中他们踏着
　面筋似的软泥巴。
小脸儿活像
　一枚奇怪的小菌儿，
小手儿活像
　一把嫩脆的小根儿，
用舌头舐着乌红的嘴唇，
说有点泥土的咸味。
在新鲜的幻想世界里，
他们会无端地哈哈大笑，
把胳膊扬起学丑小鸭一样拍，

拍着，拍着——飞也飞不起来，
因此他们更爱玩泥土。
有时我走过去
想和他们一起耍，
他们却跟麻雀似的惊散了，
并且回头向我扔石块，
因为我欢喜用手帕
　强迫他们揩鼻涕。
这是大自然的一些小邻居：
幸福和泥土会一样长久。

航　海

人活着
像航海

你的恨，你的风暴
你的爱，你的云彩

（1949）

早　晨

早晨永远是美好的。
从黑暗到光明
永远值得歌颂的。
当太阳用颤抖的光
弹敲着黑海的边弦时，
你可以起身了。
离开你的梦景吧，
去给自己一个强烈的白昼。
哪怕这时什么也看不见，
你还是向前走去。
你有好大的肺活量，
你能有好多氧气：
你会更健康，
你能工作，你能战斗。

你是一只雄鸡，

别让黎明偷渡。

(1949)

月光曲

没有人比我更爱月光
贝多芬也不比我更爱月光
在月光柔和的照耀里
我常常洗涤自己的思想
白昼的错误像污垢一样
月光却使我不再肮脏
李白没有朋友
能够用月光来替代
那是他的气派
我用月光做肥皂
这是我的愉快
我并不想跟一个少女谈恋爱
我只想把烦躁的心让月光晒晒
我怀念分离的朋友们
愿他们把月光当作邮袋

我总想写一篇美丽的月光曲
纪念我和月光的友谊
但是一听到它纯洁的呼吸
便觉得灵魂的交往没有音息

（1949）

冰　糖

小时候
妈妈喂过我
一粒冰糖
好亮，好凉，又好
甜，含着生怕它
化掉：那味道
至今还新鲜

当了流浪汉，常在
冬天池塘边发现
冰凌比梦中的冰糖
更亮，更凉，可一点
也不甜，却仍捡一块
含着，生怕它

化掉：这已成

摆不脱的习惯

（2005）

为爸爸一代写的诗

开学第一天

开学的第一天
真有说不出的新鲜
自己穿衣
自己洗脸
一点也不能随便
出门就是阳光
阳光又润又甜
学校远倒不远
可是，一去就是一天
一天就是一年

布谷鸟快活地叫
懂得它叫些什么吗
懂呀，瞧它点头磕脑

“你，你是个学生了
应该天天起早
晨操不能迟到
还要一心学好
而且不可骄傲”

勇敢些

糟糕，摔了一跤
膝盖出血了

实在值得哭呢
但他咬住了嘴唇

不是说要当解放军吗
一点痛苦又算得什么

真的，一个少先队员
不作兴随便流泪

不要撒谎

不要撒谎，怎样
也不要撒谎

撒了谎
比撕破了裤子还丑
阿毛会不跟你玩
同学会笑话你
老师会皱眉头
爸爸妈妈会生气

说不定更糟糕——
红领巾也戴不成

雪落着……
我悄悄拍落身上的雪
不敢惊动烛树下的梦

国际主义

阿玲昨天碰见
一个朝鲜小朋友
他跟她谈起自己
　爸爸打仗去了
　妈妈在空袭中不见了
　他跟阿姨到了中国
他低下了眼睛——
　中国和朝鲜一样好
　但还是想回朝鲜
阿玲挽着他的手
　别想家吧
　朝鲜和中国很熟
　到我家去办酒酒
　没有关系

爸爸妈妈一定喜欢你

因为你是我的好朋友

给阿毛写的便条

1

太阳透过窗玻璃
晒暖了那双脏拖鞋
你还赖在床上，翻身
睡去，硬不肯起来
——要不得！

2

听见空中鸽哨一响
便放筷，下桌，开门去玩

还留下几颗饭粒

点缀那只空碗

——要不得！

3

把嚼光甜味的口香糖

吐在公园里花坛侧

沾着别人鞋底擦不掉

你瞧着，掩着嘴，偷着乐

——要不得！

4

从上面剪下名演员照片

再把那本图书馆杂志送还

让下一个阅览者翻到

这里，忍不住摇头感叹

——要不得！

5

尽管有这样那样的缺点
你会热心引盲人过马路
你会保护小同学不受大个子欺侮
你会撕下自己衬衣的下摆
为跌倒流血的老大爷裹伤
并扶着他到医院去——
因此上学迟到，被老师罚站
也不为自己辩护一句——
因此相信
你必定不断进步
必定给人们带来幸福
必定不会辜负
“好样儿！”这光荣的称呼

星星在窗口闪烁

星星在窗口闪烁
它们低声唱着
唱着听不见的歌
　好好睡吧，孩子们
　明天到太阳家里集合

　明天咱们去旅行吧
　咱们跳到天空中去
　看谁最会游泳吧

　明天坐飞机来呀
　来瞧瞧大世界呀
　地球转得真快呢
　到处飞着红旗呢

到处喷着歌声呢
生活实在美丽

（1953）

快乐的火焰

孩子们爱玩火。
一粒火种，一吹
就是一团火焰：
火焰升腾着，升腾着。
在升腾着的火焰里，
闪起了他们的笑，
溅起了他们的歌……
他们像初民一样赞美火：
火多好啊，火多好啊！
你照亮了我们的黑院子，
你烘干了我们的湿鞋子，
你烤红了我们的脏鼻子……
看啊，火飞得像旗子，
听啊，火响得像哨子……

孩子们是天真的艺术家，
只善于从事形象的联想，
因此欢喜看得见的火，
却不懂得看不见的火。
他们不懂得
人的生活就是
　一团火，
　　一团永不熄灭的火……
想到这里，我忍不住
跟孩子们一起跳了，唱了：

烧吧，火焰，快乐的火焰
叫世界更明亮，更温暖吧。
一切的生命围着你舞蹈，
时代在从你的光和热中穿过。
烧吧，火焰，快乐的火焰，
我们把心投给你
我们把血浇给你
让我们成为你的一部分吧。
未来的空气是无穷尽的，
你永远不会熄灭的。
烧吧，火焰，快乐的火焰。

（1954）

高些，更高些……

天空有一架飞机
像老鹰一样盘旋。……
老鹰是凶猛的，
飞机的本性却是温和的。
高些，更高些飞，我们的飞机。
一会儿飞到蓝天下面，
像甲虫飞在大顶棚下面；
一会儿飞到白云上面，
像蜻蜓飞在棉花上面。
飞机不是甲虫，飞机不是蜻蜓，
飞机就是飞机：
听，马达声叫你相信。
高些，更高些飞吧，飞机，
你再高，我也看得见你，听得见你。
你再高，我也知道你是在北京的上空。

（1953）

雪

下雪了。
雪很轻，雪很大。
雪是飘忽的，
像光线一样，
你捉不到它。
人们说：
北方的雪是猛烈的。
我真感觉不出。
我看北方的雪
和南方的雪
是一样的，一样温柔的，
一样叫人忘不了的。
我在雪里走着，
从没有感到寒冷。
我常常一边走，一边流汗，

汗和雪花溶在一起，
浸醒了我的困倦的心。
我在雪里走着，
我听见了雪的轻语……
雪说：
我是从天空来的，
我知道天气不会再冷；
我是到地里去的，
那里的种子等着我；
我是热的，
我是热的。
雪在半空中飞舞着，
像一个热情的女孩子：
你爱我吗？你爱我吗？
它要你回答。

(1953)

小河醒了

怎么搞的呀，小河？
昨天你的梦正浓着呢，
你的玻璃屋子真安静呢。
可是，什么时候醒来的，你？
瞧你的皮肤多嫩呀，
瞧你的金眼睛多亮呀。

你嘀咕些什么，小河？
是埋怨冰雪隔断了
你和陆地的交情吗，你？
是风和太阳告诉你
说春天来了吗？你想瞧瞧
春天带来了什么，是吗？

日历说：春天来了。

可是它什么也没有带来呢。
天空还没有燕子呢，
树还没有发青呢，
岸上的雪还没有化尽呢，
我的棉衣还没有脱掉呢。

可是，我看见了你呀，小河。
早，你春天的第一名选手。
大自然竞赛的信号
不就是你和你的新装吗？
那么，索性哗哗奔流吧，
流得更快、更响吧，大地好久
没有了你的舞蹈和歌唱。

大吵大闹地流吧，小河，
不用担心惊吓了世界，
我们的世界才不怕事呢。
瞧着吧，谁也不会胆怯——
天气就会温暖起来了，
生活就会活泼起来了。

岸边的杨柳姑娘
又会向你垂下她的绿发了，

笨拙的芦苇少年
又会向你装模作样了，
蓝天，白云，飞鸟
和人的影子
又会投向你的怀抱了，
纸船儿又可以漂海了，
蚂蚁又可以旅行到对岸了，
我不久又可以跳下来
和你一起洗澡了。

（1954）

老实的小毛驴

小毛驴是老实的：他有满肚子话，就是说不出。

车子真重，鞭子叫人痛：
小毛驴是老实的，从来不说“不！”

马爱耍态度，一烦就跌脚；
骡子更固执，说不动就不动。
小毛驴是老实的：叫他走就走，叫他站住就站住。

车子很欢喜他，用轮子推着他，
帮他走过许多坎坷……
鞭子也很欢喜他，拂着他秃毛的背脊，
像柳枝一样温柔……
小毛驴是老实的，他从不懂向谁表示感谢或抗议，
只知道拖着又走着，走着又拖着，
一直低着他的头 ……

有志于和太阳较量的月亮

太阳有光，月亮也有光。阳光好，月光也好，各有各的魅力。但月亮的光是太阳给她的。

太阳宽宏大量：当月亮放光的时候，他决不和她比。他知道，一比月亮就会失色，反而显得他自己小气。因此，太阳常常对月亮回避。

但月亮并不这样想，她以为太阳怯懦，不敢和他较量，于是变得更加朦胧，活像个醉汉一样。

忽然她发起脾气来，指着人间的灯火大叫："真莫名其妙！要什么把戏？夜里有我，你们哪能比？白天你们躲到哪儿去了，可是去拍了太阳的马屁？"

星星们听了很奇怪："这些话似乎有点道理，可怎么从没听人说起？”月亮回过头来，教训星星道：“你们这些胆小鬼，叽叽喳喳些什么？难道我们的光线一文不值吗？难道我们永远只配在黑夜生活？ 有种的， 跟我来吧， 跟我一起去占领白昼！”

太阳在隔壁听见月亮的牢骚，不觉皱皱眉头，知道很不妙。为了忠诚于和月亮的友谊，更为了人类的安宁和宇宙的秩序，他站在白昼的门口，仁慈地向月亮说：“朋友，请冷静一点吧……”

月亮一见太阳的光，更其生气了：“笑话！世界是大家的，你能去的地方，谁都去得，为什么我不能去？”太阳唯恐伤了月亮的自尊心，不便讲清这个道理，只好讷讷地接着补充：“不是那个意思，我是为了……”

月亮抢着说下去：“为了什么？为了争权夺利！可别装模作样，我们偏要进去！”她回过头来，冲那些不敢乱动的星星发喊：“胆小鬼们，怕什么，来吧！瞧我的榜样！”于是，月亮挤着，向白昼挤着……

太阳是理智而温静的，他没辙，只好：“你一定要进来，就请进来吧！”于是他扬起火红的云霞，让出了一条蔚蓝色的道路。白昼已经开始了，世界已经明朗了，太阳缓缓地从东方升起，透明的光线铺满了大地，灯火一颗颗消失……

月亮也抖了抖自己的光纱，昂昂然走在太阳的前面，走着走着，扑的一下，跌进朝霞的温柔陷阱里去了。……

（1954 初稿，1984 二稿）

为哥哥姐姐们写的诗

给一个周岁半的小公民

尽管跌了跤，爬起来
仍然颤巍巍向前跑：
你会走路了，就一定要
达到你预定的目标。
咿咿哑哑，还不会说话——
用不着装腔作势，敢情好！
迳直用你的笑和哭
来抒发你的爱与恼。
一把糖果是你所有的一切，
你一颗颗把它分给众人：
因为人人应该有糖吃，
你不容许世界不平等。
这样，你我算得是朋友了，
虽然我惭愧自己的霜鬓。

你却紧紧攥住我的手，
一定要我到游戏场见个输赢。
我当然不敢和你来较量，
只希望到底不会交白卷。
将来我们来个接力赛，
你的快可要补救我的慢。
我们的赛程很长很长，
一分钟再也不能拖延：
一口气要跑得很远很远，
尽管人生再怎么短暂。

（1983）

又哭又笑

一个早熟的孩子
清早站在大门口
哭着笑着又哭起来
连自己也莫名其妙
竟揉碎了昨晚才
学着折会的那只纸鸟

只因它多么想飞
想飞偏飞不起来
而邻儿显摆的风筝
却飞得比云还高
她才第一次尝到
失望是什么味道

她气愤得哭了起来

哭着哭着泪水变甜了
她又笑；又哭又笑又哭起来
仍不禁为甜泪的源泉哀愁……
正为了这一幅人生的缩影
摄影师在街头等了很久很久

他却久久揿不了快门
不知准确的曝光是千分之一秒
还是二十四小时还是地球
绕太阳一周几周十几周
只好继续等着一直等到
暮色苍茫等到自己也白了头

（1988）

梦　境

小时候我很矮
天也很低，低得像
外婆家里没有
天花板却安着
几片亮瓦的屋顶
伸手几乎摸得着——
我在它下面可真高兴：
一会儿摘星星摆棋谱
一会儿提着月亮当灯笼
好一个人出门旅行去……
等我长高了
天也变高了
越变越高，高得
不但摸不着，连望
都望不清，只觉得

只觉得它是一口
老大老大的深蓝色的
井——
我仿佛就站在井口
从上向下望（难道不也是
从下向上望？）战战兢兢，
不敢动一动，连毽子、陀螺，
我的最爱，乖乖，都不敢
踢一踢，抽一抽，生怕
一不当心，连人
带毽子、陀螺，糟糕，
一齐跌进那口
井里去，一辈子
也翻不了身……

而今早已走出了阿丽思的梦境
不禁哑然失笑：原来天还是天
既不高，也不低，更不那么深

天蓝的诱惑

头上整天是
乌云，灰尘和煤烟
及其它悬浮的
可吸入颗粒物
孩子从没见过
透明的天蓝

偶然露出了一点点
光，他又惊又喜
“天开了！天开了！
咱们快逃呀，快逃
到另一个星球去！”

天蓝以上的宇航员
皱起眉头悄悄说

“傻孩子，这里照样是
一片黑暗——”！
执拗的自信不听劝

“没关系，我
提灯笼去，我
打手电去，要不
让火箭把我变成
一蓬有翅膀
有尾巴的小彗星
自己放光上天去！”

看流星雨

早点睡，赶下半夜，起来看流星雨。
下弦过了，月色朦胧，星星有棱有角。
乘着地球转，穿过彗星的旋涡
这一阵狮子座，那一阵猎户座
光似雪，雪似光，赛过人间焰火。
这是今生规模最大一次
再想看，得等到本世纪末。

　　谢谢盛情，再好看，我也不敢。
　　当年张老汉险些把腿给砸断
　　幸亏跑得快，还带了一柄伞；
　　再大一点砸下来，乖乖
　　人类文明史会不会倒转？
　　不信，找一只恐龙问问看
　　它们当初怎么一下玩儿完。

笑话，那么巧，几千万年没见第二遭。

人生短促，更要大胆，不看白不看。
瞻前顾后，畏首畏尾，跟一只蚂蚁
差得远，它从不怕被你踩得稀烂。
人类爬行过，立行过，而今又飞行
正好冲出地球，跟外星人接轨交谈。
早点睡，赶下半夜，起来看流星雨。

致即将诞生的中国宇航员

趁阳光灿烂，点燃火箭，
你一鼓作气升起了宇航船
排空入霄汉：无垠，永恒，茫茫然。

空间缩短，时间减慢。可恼的失重感，
可笑的真与幻。科学是舵，诗是帆，
哪里是岸？中国，我是中国，你的起点站。

哪怕玉宇琼楼高处不胜寒，
故乡的引力紧拉着你的舷。
地球是弹丸，唯它有人，有情，更有胆。

忆童年比赛飞船，发下了宏誓大愿：
要听听始祖老轩辕的咏叹，看看婵娟，
还带回美猴王捣碎了的一两块金砖。

天外有天，天狼星比太阳更亮更远。

但须知天上方七日，人间已是几千年——

丁令威[1]将不复识儿时的旧关山。

（1983）

①《搜神后记》故事：汉朝道士丁令威去家千年，化鹤来归。

眼　睛

在昏黄的暮色里
我看见一对 UFO
发着强烈的蓝光
笔直向我飞来
一下子把我
化为乌有；等我
恢复了神志，它却
无踪无影。我讲给
众人听，可谁也
不相信，连我自己也
糊涂起来：难道那是
一双眼睛？可除了
从不露面的真理女神
谁会有那样一双眼睛？

（1986）

明天咱们去旅行吧
咱们跳到天空中去
看谁最会游泳吧

和回声对话

有人吗，有人吗？仿佛
仰望巨人般的崇山
你是谁，你是谁？又仿佛
俯视泪眼似的深潭
你在哪儿，你在哪儿？于是
和并不存在的它攀谈起来

和并不存在的它攀谈起来
从古到今几乎永远是
你说什么，它说什么
细碎便细碎，粗豪便粗豪
说慢点往往一字不差
说快了便只听得见
缺乏主词或谓语的破句
你和它却越谈越起劲

你和它却越谈越起劲
其实你并不知道有没有人
你并不知道有的那人是谁
你并不知道是谁的谁在哪儿
只因你不相信你不知道
才宁愿和回声对话

才宁愿和回声对话
不觉自己也变成了回声
你更不知道自己就是回声
你更不相信自己就是回声
你和它却越谈越起劲
俨如一场荒诞的自我口角
竟使周围一切为之战栗
连被打碎的沉寂也战栗起来

连被打碎的沉寂也战栗起来
只见所有回声及其回声
终于合成一个硕大的韵母
回荡于山谷，旋绕于林冠
袅袅然不甘于澌灭在大气层
仿佛在向战栗的沉寂索还什么

在向战栗的沉寂索还什么呢
不正是一出世就双手合十
谛听在少年的彩梦那边
在老年缄默的忏悔那边
即使到了人生的尽头
总会有一个哪怕听不见的耳语
肯定而又明确地回答你——
有人吗？你是谁？你在哪儿？

（1988）

时　间

我在时间身旁踌躇着
时间对我说
我要走了，你呢

我对时间说
我走不了，我带不走
我的足迹

时间说，没有关系——
托付明年的新草
顺便把它埋掉吧
你总得跟我在一起

（1987）

知了·粘知了的人

1

不想打搅人
也不想被人打搅
才爬到这么高
　吸口风呷口露水
　一唱唱个一大早
　不但自己痛快
　还帮人们消除了
　昨夜暑热的烦躁
怎么你偏不领情
偏把你的胶杆伸上来
一伸伸个几丈高

硬想把我粘去怎么着?

2

别吵吵，宝宝!

你是唱得好

可就有点单调

　我的百灵子饿了

　好不好跟你

　商量一下：把你

　贡献出来，当顿

　早餐让她吃个饱

明天她会继承

你的歌喉高唱——

请勿生气，肯定她

比你唱得

更美妙：当然

其中也有

你的功劳

3

现在已是秋天
快活的夏季过去了
难过的冬天就要来到
冬天之后又是春天
大自然会公平地把
万物对它犯下的
一切错误和罪过
一一涂抹掉

（2000）

痛苦说不出

孩子哭得好伤心
他为什么哭？我问
没有人回答，连他
自已也不吭

不禁感到痛苦
痛得我泪如雨下
没人问我为什么哭
有人问，我也不回答

原来痛苦说不出
只好哭；要不
问一问，也没人做声
看来只有陪着哭

世纪末的催眠曲

睡吧，孩子
纸窗外风雪交加
世界在悄悄变化

今天快过完了
明天还很远很远
一百年以远，甚至
一千年以远
无所不在的时间已
像荒年粮店的馒头
被人一抢而空，我们
怎么办？除了
睡眠，除了
做梦？

为了你
健康，我将
挤出自己最后
几滴血和泪，拌着
惨笑和痛哭，喂你以
几嘬梦之乳

为了你
平安，我将
离你而去
走向无边风雪深处
走投无路，也决不回头
宁可冻成连考古学家
都无从复原的
冰骸一副

睡吧，孩子
纸窗外风雪交加
世界在悄悄变化

向这寒冷、泥泞而又漫长
终于与风雪相和谐的黑夜
永远像挑战似的有

一支白色的影子踽踽
独行，喃喃
自语，那就是
你，你的
梦游的缪斯

我不骗你，姗姗
来迟的天明正是遥遥
在望的明天。你将啄破
黑夜，这庞大而封闭的
蛋壳，翩然而出，踏进
新世纪曙光进行曲的
华采段里昂起头来你再
不是你，你更
不是我，从此你将是
唯一不入调的一首
孤儿似的坚强的诗

（2000）

摇篮曲的回声[①]

除了妈妈，没有妈妈。

上帝不能无所不在，才创造了妈妈。

摇摇篮的手统治着世界。

天堂就在妈妈的脚下。[②]

比起大厦高楼，妈妈陪你住过的小泥屋更宽敞。

比起琴瑟笛箫，妈妈为你哼过的小山歌更好听。

比起海味山珍，妈妈给你吃过的酸菜汤更鲜美。

比起春天的太阳，妈妈的微笑更能融化你冻僵的心。

尽管你出门很久很久脸都晒黑了，你回来站在妈妈面前，
她一眼就认得出你来。

---

① 原诗为星灿编《献给母亲的诗》(人民文学出版社1989年版)代序，这里略有修改。

② 第一句是苏联诗人的诗句，第二句是犹太谚语，第三句是美国谚语，第四句是波斯谚语。

尽管你有多少欢乐和荣耀唯恐别人不知道，你的痛苦、
　羞耻和秘密却只能向妈妈倾吐。
尽管你经过风雨，见过世面，跌倒了自己爬起来，你在
　妈妈的眼里永远是个孩子。
尽管你和妈妈长久别离,她仍然在自己的世界里辗转反侧，
　喃喃不停地为你祝福。

妈妈是最大的海，童年的你像小船一样
　在她的怀抱里航向了世界。
妈妈是最高的山，少年的你像小羚羊一样
　爬上去摘过月亮和星星。
妈妈是最深的井，你在人生的沙漠里
　从她汲饮过最香冽的泉水。
妈妈是最好的老师，你一辈子
　从她学不尽无私、勇敢和耐性。

你哪会记得她喂你的第一口奶：
　妈妈给你的礼物实在数不清。
也未必记得她怎样扶你走第一步路：
　为你操碎了心的母爱实在说不出。
每逢自己的生日，总想给妈妈写一封感恩信：
　最恰当的词句实在找不到。
妈妈终于远行了，留下你向她应允的诺言没有实现：

　　懊悔的泪水实在忍不住。

天下没有一支现成的歌，
　　可以借来献给你的妈妈。
你只能自己唱一支唯一的歌，
　　献给你唯一的妈妈。
给妈妈唱的歌唱得再甜蜜，
　　也不过是她给你唱过的摇篮曲的回声。
妈妈永远托梦牵着你，即使你浪迹海角天涯，
　　甚至醒来又忘记了她。

（1988）

为我们写的诗

小 蚂 蚁

小蚂蚁
爬窗台
迷了路
下不来
兜圈子
像比赛
前进路
终不改
累得慌
气直喘
想干啥
真费猜

我用手指把它挡

它东藏西躲跟我捉迷藏
我拿铅笔砰砰敲
它停下脚步窥方向

我掰下蛋糕一小片
友好小心地向它挪
它也勇敢地爬上去
表示愿意搞合作

我把蛋糕带蚂蚁
放在手心轻拿着
慢慢走到阳台上
小心放在一个角落

生日礼物

小冬冬，真开心，
拉着妈妈去超市，
冬冬今年五周岁，
今天正好过生日。
超市商品好多好多，
想要什么随他高兴。
但冬冬最欢喜的是，
盒装“八喜”冰淇淋。

妈妈给他买了一盒“八喜”
冬冬捧着左瞧右看，
他兴冲冲地往家走，
半路遇见了小兰兰。
她两眼含泪，头发蓬乱，
说妈妈生病了不吃饭

正等爸爸回来
送她去医院。

冬冬拉着兰兰的手，
想说什么不知怎么开口，
妈妈建议他们一起吃中饭，
兰兰一个劲儿直摇头。
冬冬歪着头，看看妈妈，
又看看小朋友，
突然手一伸，把心爱的“八喜”
整个递入兰兰的手。

兰兰说着“谢谢”，
眼泪仍然没止住。
冬冬与兰兰说再见，
还劝她：“别，别哭！”
妈妈看着冬冬直点头
一路上对他称赞不住：
“你给自己送了一份
最好的生日礼物。”

还有一个文文

小文文走进姑姑家，
迎面碰见一道亮亮的墙，
里面走过来一位小姑娘：

圆眼睛，翘嘴巴，弯弯小辫
两边搭，绿油油裙子和蓝色
运动鞋，和文文简直一个样。

文文向她笑，她向文文笑；
文文把手招，她也把手招；
“你好吗？”同样嘴巴说同样话。

“她是谁呀？”她问姑姑；
“她是文文呀。”姑姑回答。
“这可奇怪了，还有一个文文和我一样吗？”

“谢谢你……”

天气晴朗，阿姨带亮亮和小朋友们
去游“红领巾”公园。树是绿的，
草是青的，花儿又红又黄又蓝又紫
简直看不完。亮亮高兴极了，大声说：
“谢谢树，谢谢草，谢谢花儿喷喷香！”

一位老伯伯拉着皮管来给花儿们喝水。
亮亮也大声说：“谢谢老伯伯！”
抬头看见红彤彤的太阳，
他真想说：“谢谢你晒得我暖洋洋。”

玲玲真懂事

玲玲和妈妈在公交车站等车，
环卫阿姨把车站扫得干干净净。
旁边一个小弟弟在吃红果冰棍，
吃完把冰的棍儿往脚下一扔。
他爸爸给他擦完了嘴，
就把他抱进了公交车门。
玲玲看了看妈妈，又看看地上，
妈妈微笑着递给她卫生纸一张，
玲玲用纸把那棍儿包上，
一转身把它扔进了旁边的垃圾箱。

小强不挑食

中午妈妈煮饺子，
煮的“湾仔饺”：
薄皮，细馅儿，
味道真是好。
小强一下吃了十来个
似乎还不饱。

晚餐吃白菜馅儿饼
和黄澄澄的棒子粥，
另配有豆角、酱豆腐，
只是没有肉。
小强一脸不高兴，
嘟嘟囔囔，磨磨蹭蹭。

妈妈望着小强笑：

“不挑食的孩子身体才好。”

小强听了不再磨蹭，

跑到饭桌边坐稳，

喝了一大碗粥，

外加大半个馅儿饼。

爷爷和公园

小时候，我不会跑，
爷爷抱着我，上公园去玩；
我喜欢摸他的花白胡子，
他爱拿胡子扎我的脸。

等我会跑了，爷爷背弯了；
他不再抱我，牵我上公园。
我爬上高高的滑梯喊“爷爷！”
爷爷抬起头来叫我“小心点！”

等我能到处跑时，就进了学校，
爷爷头发全白了，牙齿也掉了，
他很少出门，走路有些颤，
不上学时，我常陪爷爷上公园。

电视机和《西游记》

我欢喜开电视机，
里面的孙悟空真神气：
七十二变教我一变该多好！
妈妈偏要我吃饭去。
我实在不愿意，电视机前
抱着碗一步也不离；
孙悟空挥舞金箍棒已走，
我半碗饭还剩好些粒。

爸爸过来对我说，
有一本书叫《西游记》，
书里面的孙悟空
比电视里的更神奇：
“你如果真的佩服他，
一定要多认字，勤学习，

亲自去读那本书，

就不用吃饭抱着电视机。”

爬 楼 梯

我家住在六层楼，
从小跟着爸妈爬楼梯。
楼梯有时不难爬，
我爱一跳一跳回家去；
楼梯有时太难爬，
爬半天离家还有好多米。

我问妈妈：“为什么要爬楼梯？
童话里的小房子可没有这东西！”
妈妈说，我们是人，
进不了童话故事里。
人多地少的地方就得建楼房，
住楼房就得不怕麻烦爬楼梯。

对了对了，我们住在童话外面，

天天爬楼梯，可以锻炼身体。

小人国的汽车

我和阿毛都爱踢球，
院子里有过好球场。
可最近汽车多起来，
院子里不再空荡荡。

左边庭院小车一排排，
右边空地也被它们挡。
找半天找不到球场，
真让我俩儿呕得慌！

我要是个魔术师多好：
魔棍一挥，瞧！
汽车一辆一辆变小，
像小人国一样奇妙。

等我跟阿毛踢完球，

拿起魔棍再一挥，

哈哈，小人国的车儿

又变回了原样。

“你是人！你是人！”

——读望·蔼覃《小约翰》

小约翰走进旷野
看见了、听见了、闻见了
各种各样的生命：
有的在笑，有的在唱
有的在散发芳香——
他于是欢呼起来：
“我们是兄弟姊妹
让我们永远在一起！”

他一面欢呼，一面
四下张望，看见树阴下面
露出一团团蘑菇，五颜六色
分外可爱。忽然记起了
《自然》老师的话，他不禁

脱口而出："你有毒！你
是——"

他话没说完，蘑菇们
大嚷大叫起来：
"你是人！你是人！
你想吃我们，才害怕
我们有毒啊！"

接着周围一片响应：
"我们不吃她们，
我们不吃她们，
我们谁也不相信
她们有毒啊！"

（2001）

他为什么哭？我问
没有人回答，连他
自己也不吭

向“敌人”发出的SOS

——读斯威夫特《格利弗游记》

不幸像格利弗一样
把自己迷失在
历史或地理的夹缝里
看不见一个自己的同类
只好向敌人发出
如下的SOS求救：

放了我吧
大人国的老爷太太们
请从你们水桶似的
小茶杯里把我像苍绳
一样捞出来，随便扔到
角落里去，千万别
用你们石磙似的

脚后跟把我踩死，再
扔给我一声霹雳：
“对不起！”

放了我吧
小人国的英雄好汉们
请把你们蛛网似的
巨缆从我身上
松开，然后悄悄
走掉，千万别
围在我四周，免得
我站起身来开步走
一不小心把你们
踩成一片稀泥还
不得不赔一声：
“对不起！”

我本来就会

1

小时候
妈妈教我学走路
先用带子勒住我腋下
牵着我一步步往前走
后又让我扶住墙壁
自己试着一步步往前走
最后她放开了手还
让我离开了墙壁
鼓励我大胆往前走
我在退缩中学着迈步
果然从此开始

在大地上走了起来

并且高兴地发现

走路并不稀奇，

我本来就会走路

怎么自己一直不知道呢?

2

姐姐扶住后座

让我跨上自行车

教我怎样掌稳把

又怎样用力蹬脚踏

在她的扶持下我

洋洋得意骑起来

可她一松手我却和车

一起倒在了路旁

我很懊丧：离不开姐姐

这可算不得会骑车

直到一天坐在车上

我叫姐姐千万别松手

——不料她已走开了

这才高兴地发现

我本来就会骑车
像我会走路一样
怎么自己一直不知道呢?

3

哥哥和我一起
跳进了游泳池，哈哈
他托着我教导
怎样把手来当桨又
怎样把蹼安放在脚丫
我在他的手掌里
游得有模有样
样子就像一只大青蛙
可他一松手我却像
秤砣笔直往下沉
只好拼命抓住他——
直到一天他把我
托到了深水处说道
“自己去游吧！”转眼
不见踪影，我不禁吓了一跳
没辙，只得大胆自己划起来

根本不管得法不得法。于是
同样高兴地发现
我本来就会游泳，就像
我会走路、会骑车一样
怎么自己一直不知道呢，反而
把自己看成瘫子跛子和旱鸭？

小提琴和自行车

我的小提琴
不幸断了弦
可还能呜咽

我的自行车
倒楣撒了气
可还能趔趄

她还拉着我唱
唱得口干舌燥
连钟表都在笑

他还骑着我跑
跑得脚酸手软
连路标都说远

可没有小提琴
我将枯燥无声
会比哑巴还闷

可没有自行车
我将精神不振
会比瘸子更笨

心甘情愿

一粒饭，或者两粒饭，
不小心，落在了
贴砖的地面上。
地面有砖缝，缝里
有个蚂蚁洞，天天
爬出爬进一队小劳工。
它们彼此是亲戚，
正在你帮我、我帮你，
把一粒或两粒饭共同抬起，
慌慌张张，又欢欢喜喜
一齐用力往洞里挤。无奈
负担大于躯体，怎么挤也
挤不进洞里去。于是
我负疚地弯下身来，
把饭粒掰成两半，它们挥手

道歉为我添麻烦，然后又
轻轻快快，慌慌张张，终于
把重大的运粮任务做完。
随便浪费粮食，我不禁汗颜；
对这些小邻居从没尽到心，
我很遗憾；今天终于为它们
折腰行礼，我也心甘情愿。

它又回来了

狗年到了
姑姑给爷爷带回
一只玩具狗
大小和真的一个样
毛皮柔软又温暖
似乎还会
“汪汪”叫两声——
爷爷告诉我，他记起
当年在南方的干校
也养过一只狗
他们日出而作
日入而息
形影不离
已经几年了
后来干校解散了

爷爷爬上

装满家具、行李的大卡车

小狗一直站在车旁

望着他准备也上车

和他一路走

可车忽然开动了

它便跟在车后跑

车跑快了

它也跑快了

它渐渐跟不上了

它落后很远了

它看不见了……

好像是，跑了几十年

它又回来了

终于在它的本命年

又跑到

跟爷爷一起了？……

（2006）

致一位大侠或大虾[1]

（仿网络体）

每天开机，总想找点好玩的
东东（西），却总遇见胡言乱语的
瘟倒死（WINDOWS）锐舞（rave）。
不想听什么马屁 3（MP3），也不想
逛什么酒吧（98）或酒屋（95）
更没本领玩泥巴（MUD），
只好带着偶（我）的猫（MODEM）
和不大听话的鼠（标）
到网上去流浪（浏览），散散步，
看有没有哪位个性化网蝶
发来伊妹儿（Email）问偶

① 大侠或大虾指网络高手。

哪年哪月可有自己的
稻糠亩（dot com 即 .com），可能在网上
打铁（帖）交朋友，可能有一只
“烘培鸡”（homepage）安家打天下，甚至
有机会当一个坐庄的斑竹 (版主)。这时幸与您
这位骨灰级的大侠或大虾邂逅，承蒙您照顾，
说黑社会正在培养所谓“现实世界的
虚拟罪犯”，将伪装成世界杯邮件的
木马病毒在网上四下传布。因此您叮嘱，
不管是蓝（男）的还是绿（女）的，
不管是菌（俊）男还是霉（美）女，
不管是青蛙还是恐龙[①]，
不管他或她住在侏罗纪公园
还是别的什么地方——
如果她或他踏着猫步
袅袅婷婷向“你”（偶）走来
“你”（偶）可别和她或他一同潜水[②]
或者一块儿冲浪、晒太阳；
如果他或她说“再酱紫（这样子）
就把你从聊天室踢（撵）出去”

① 青蛙指长得丑的男青年，恐龙指不漂亮的女青年。
② 潜水，意即与网友一对一地秘密聊天。

"你"（偶）也别在流言簿（留言簿）上
向她或他奉告"你"（偶）的馨香（信箱）
或幽香（邮箱），即便她或他对你（偶）
对他或她的夸奖连称"果酱果酱"（过奖）。
谢谢大侠或大虾的指教，我不奢望
会从一只菜鸟变成一只飞鸟[1]，不过想找
一个轻松的板块随便灌灌水[2]，撒撒欢，
但愿在您的呵护下憋了若干天，
造得出一块像样的砖（花功夫写出的网络文字），
也算弄到一张通往地球村的
入场券，不至于耽误自己
作为一个世界公民的灵感——
大侠，大虾！一开机您近在眼前
一关机却远在天边：可叹，可叹！
怎么您一去不复返？

① 菜鸟指网络生手，飞鸟指网络熟手。
② 灌水，意即发表无用信息的帖子。

锁着的圆宝盒

——一位老爷爷讲的故事

小时爱逃学，背着书包到处逛
一个不小心，怎么逛到了天堂

天堂关着门，不让我迈进
门外溜溜达达，真叫人没劲

上帝可怜我，把门开了一道缝
递我一个圆宝盒，算我没扑空

盒子给锁着，他叫我快走
找把钥匙打开来，什么都会有

忙把盒子揣着去找那钥匙
东南西北，傻找了一辈子——

钥匙一直没找着，盒子打不开
倒霉我：运气怎么这样坏

实在不甘心便动手来掰
不想没费劲，一下子掰开

里面只见一些字体在闪烁
像井底星星看得见，摸不着

“钥匙不在别处，就在你身上：
你的双手比什么都强！

“只有你不再游手好闲
只要你从此动手肯苦干

“什么巧锁都能打得开
什么好运都能挣得来

“东西越装越多，容积会越大
收获再丰再满，都能装得下！”

唉，唉，直话直说多方便

偏要打个哑谜把人涮

早知动手开锁不费难
不定我会装进一座山

捧着打开的空宝盒，我苦笑
可叹如今老得什么也干不了

且把它重新关上放在大路边
留给比我幸运又聪明的小伙伴

（2000）

德语儿童诗文选

绿原/译

巨人的玩具

巨人的玩具

阿·夏米索[①]

尼德克城堡在传说的埃尔撒斯名声卓著，
从前巨人们的城堡就在那高处，
它现已倒塌，那处所荒凉而空旷，
你打听巨人么，他们没有留下任何迹象。

一天，从那城堡走下来巨人小妞儿，
她没人照料，独自在门口散心逗留，
接着又下坡一直走到谷地，
好奇地打听，下面究竟有什么玩意。

① 阿·夏米索（1781—1838）：德国作家、自然科学家，出身于法国贵族，著有《彼得·史雷米尔奇异的故事》。

她快走了几步，穿过林区，
朝向哈斯拉赫不久走进人类的境域，
那里的城市、乡村和耕种了的田园
简直像奇异的世界出现在她的眼前。

此时她往脚下四处探寻，
看到一个农夫在地里耕耘；
那样一个小生物爬行而来，
阳光下犁铧闪闪发光，真奇怪！

啊，美妙的玩具！她喊道，我把它带回家。
她跪了下来，灵巧地铺开她的小手帕，
又用双手把这活动的一切归拢
放在小手帕里，再把它折叠一下。

可想而知，她高兴得又蹦又跳，
飞快地赶回城堡，去找老父：
哦，父亲，父亲，一个绝妙的玩具！
我在高山上从没见过这样的怪物。

老人坐在桌子旁，饮着凉酒，
惬意地望着小女儿，向她问原由：
你用手帕包来什么一个不安定的东西，

高兴得蹦蹦跳跳？让我瞧瞧什么玩意。

她于是打开手帕，细心动手，
把农夫陈列出来，还有犁铧和牲口；
她把一切放在桌上，细致地安排，
然后拍着双手，又蹦又跳，笑逐颜开。

老头儿竟然认真起来，摇头细说端详：
这可不是玩具！你搞的什么名堂？
你从哪儿拿来的，赶快送回哪儿去。
你脑子里想些什么？这可不是玩具！

赶快听话，去执行我的教导；
没有农夫，你就没有面包；
农夫骨子里才长得出巨人的氏族，
农夫可不是玩具，是我们的创世主！

尼德克城堡在传说的埃尔撒斯名声卓著，
从前巨人们的城堡就在那高处，
它现已倒塌，那场所荒凉而空旷。
你打听巨人么？他们没有留下任何迹象。

西格弗里德的剑[1]

路·乌兰德[2]

西格弗里德从小就自负，
他从父亲的城堡里走出。

不愿在父亲家里停歇，
一心想出门游历世界。

不少高贵骑士他都遇见，
都佩有厚盾牌和宽宝剑。

西格弗里德只带一根棍，
这真让他又痛苦又伤心。

---

① 西格弗里德：日耳曼传奇《尼布隆根》中的一位英雄。
② 路·乌兰德（1787—1862）：德国诗人，语言学家。

他走进阴森树林深处，
不久来到一个铁匠铺。

那里他看见许多铁和钢，
一炉快乐火焰烧得正亮。

“哦，师傅，师傅，亲爱的！
请把我收进门来做徒弟！

请费力细心把我指导，
一柄好宝剑怎么铸造！”

西格弗里德挥舞铁锤打铁砧，
把铁砧一下打进了地心。

他打铁打得满林子震响，
铁块变成铁屑四处飞扬。

他将最后的一根铁棒，
打成一柄剑又宽又长。

“我铸出了一柄好宝剑，

跟别的骑士一样体面；

我战斗可不次于别的英雄，
能打倒森林、原野的巨人和龙。”

施瓦本的新闻

路·乌兰德

尊贵的红胡子皇帝
驾临了神圣的国土，
他须带领虔敬的臣众
穿过荒芜而空乏的山岳。
那里出现了巨大的困难，
有许多石头却没有面包，
而一些德国的骑士
竟在那里无法饮水；
使马匹胃里如此衰弱，
骑士几乎只能骑着驽马。

且说来了一位施瓦本先生
身材高大，手臂强壮；
可他的小马却又病又弱，

他只能抓住笼头牵它行走；
他从没有放弃过它，因为
它为他付出了自己的一生。

不久他在大队人马后面
留下了一桩英雄行动；
突然间横向飞驰而来
五十名土耳其的骑兵。
他们开始向他放箭，
还将长矛向他身后投去。
勇敢的施瓦本毫不在乎，
依然一步步走自己的路，
让他的盾牌插满了箭矢，
只是嘲讽地四下观望，
直到以后很久，有一个人
向他挥舞弯着的马刀。

这时德国人热血沸腾
他准确地击中了土耳其马匹，
一下子把它的两条前腿
砍了下来。
他用力握住他的剑
把马匹砍倒，

又把剑挥向骑兵的头，
一直砍到马鞍前桥上，
把鞍子砍得粉碎，
深深砍进了马背；
他再向左右观望，
有一半土耳其骑兵落马。
另一半胆战心惊，
他们向四面八方逃窜；
每个碰着他的人
头和身子都被砍断。

接着路上来了一群基督徒，
他们也停留在后方；
目睹了我们英雄的业绩，
他们思索而后传扬。
皇帝听说了这件事，
让施瓦本来到他的面前；
他说："请讲讲，高贵的骑士！
是谁教授了你这种功夫？"
英雄思考了片刻说道：
"这功夫在我们这里并不特殊；
可以说在全国尽人皆知：
人们干脆称它为施瓦本功夫。"

魔王的女儿

约·戈·封·赫尔德[1]

奥洛夫先生这晚这远把马骑，
去邀请客人参加他的婚礼。

小精灵跳舞草地绿油油，
魔王的女儿向他伸出手。

“欢迎欢迎，奥洛夫先生，来去匆匆又何苦？
请加入队伍跟我一起跳个舞。”

“我不敢跳舞，我也不愿意，
明朝是我结婚的佳期。”

① 约·戈·封·赫尔德(1744—1803)：德国哲学家，德国浪漫主义奠基人之一。

“听着，奥洛夫先生，请跟我跳一次，
我送你一对金马刺！”

“我不敢跳舞，我也不愿意，
明朝是我结婚的佳期。”

“听着，奥洛夫先生，请跟我跳一段，
我送你一件绸衬衫！

绸衬衫又白又精细，
是我妈用月光漂白的。”

“我不敢跳舞，我也不愿意，
明朝是我结婚的佳期。”

“听着，奥洛夫先生，你跟我跳一跳，
我送你一个黄金的头脑。”

“黄金头脑，我倒肯领受，
可我不敢跳舞，我也不能够。”

“跟我跳舞，奥洛夫先生，你要是不愿意，
瘟疫和疾病就会找上你。”

她给他心头猛地一戳，
他可从没觉得这样疼痛过。

她把吓白脸的他往马上一丢：
“骑回家去找你珍贵的小妞儿！”

等他来到自家门口，
他妈望着他直发抖：

“听着，我儿，快告诉妈，
你脸色惨白、神情没落为的啥？”

“孩儿脸色惨白、神情没落，
只因撞进了魔王的王国。”

“听着，我儿，样子放潇洒，
我该跟你的新娘说点啥？”

“你跟她说，我就在林子里
在那里排练我的狗和马匹。”

第二天一清早，天还没大亮，

星星待在高空
动也不动一动
几千年来相互凝望
带着爱的苦痛

送亲人吹吹打打送来了新娘。

他们带来蜂蜜，他们送来酒浆；
“哪儿是奥洛夫先生，我的新郎？”

“奥洛夫先生，他骑马去了林子里，
他在那里排练他的狗和马匹。”

新娘听了脸色绯红不胜惊疑——
奥洛夫先生躺在那儿断了气。

骑士与博登湖[1]

古·施瓦布[2]

骑士骑过了明亮的山谷，
雪原闪烁着阳光，一片模糊。

他汗流浃背，骑马小跑，穿过冷雪，
今天还想赶到博登湖停歇；

今天还想和马一起上安全的小船，
夜前或夜晚赶到对面上岸。

崎岖的道路充满绊脚石和荆棘，

① 博登湖，位于瑞士、德国和奥地利三国交界处，莱茵河流经此处，海拔399米，占地536平方公里。

② 古·施瓦布（1792—1850）：德国作家，出版诗集《博登湖》（1827）、《席勒传》（1840）及德国诗文选等。

他骑着健壮的骏马奔向野地。

从高山出来，走进了平原，
他看见雪花飘舞如沙粒飞旋。

身后村庄与城市远远在缩小，
平坦的走道，加上光滑的跑道。

在广阔的平野没有山丘，没有庭院，
树木消失了，岩石也不见；

于是他飞行了一两里远，
听见空中有雪雁在呼唤；

黑凫飞舞起来，便飞个不停，
它的耳朵听不见别的声音；

它的眼睛望不见徒步的旅人，
他走上了正路，他自己相信。

在白雪上继续走着，像在天鹅绒上，
水何时潺潺作响？湖何时闪闪发光？

黄昏提前而降，
远远闪现一道灯光。

一株株树从雾中升起，
山冈将遥远地带关闭。

他感觉地上石头和荆棘，
他给马踢着尖锐的靴刺。

群犬狂吠冲着马匹，
在向村里安乐窝示意。

尽管湖上，湖上，发生什么事情，
姑娘，你可在窗口把他欢迎？

少女惊讶地把骑士细瞅：
“你身后是湖，还有轻舟。

冰层没有把它全遮掩，
我说，你快从小船跨上岸。”

陌生人毛骨悚然。呼吸困难：
“我骑马过来，从那边平原！”

少女听了不觉把胳膊高举：
“天老爷！你真骑过了湖！

在深渊，在无底的湖中央，
坚持了飞快马蹄的碰撞！

湖水没有在你脚下怒吼？
冰层没有在下面裂口？

你没有作为粮食喂沉默的一窝？
冷流里饥饿的梭子鱼可多！”

她接着呼喊向村里传信，
围着他来了儿童一大群；

母亲们，老人们，聚集在一起：
“幸运的人，是的，我们祝福你！

靠近蒸腾的餐桌，靠近火炉，
和我们一起切面包，一起吃鱼！”

骑士在马上浑身冻麻，

他只听见第一句话。

他的心几乎停顿，毛发向上直翘，
还有可怕的危险紧贴他身后冷笑。

他的目光只看见可怕的深渊，
他的灵魂已向黝黑的湖底沉陷。

他满耳隆隆如裂冰哗啦作响，
他浑身大汗淋漓如波浪流淌。

这时他从马上跨下来，不禁叹息，
他终于在湖岸有一块干燥的墓地。

传　说

约·沃·歌德[①]

从前沙漠里有位圣贤，
他大吃一惊地遇见
一个羊足林神，它说：
“大人，请为我和我的伙伴祈祷，
让我获准进入天国，
去享天福之乐；我们渴望走一遭。”
圣贤回答道：
“你的要求看来很危险，
要满足你实在很难。
你来要按英国礼节请安，
你一条羊腿又将咋办。”

① 约·沃·歌德（1749—1832）：德国大文豪，欧洲文艺复兴以来最后一位“在思维能力、热情和性格方面，在多才多艺和学识渊博方面的巨人”。

野人于是回答说：

“我的羊腿算得什么？

我倒看见许多人长着

驴头，却很快走向天国。”

鹰与鸽

约·沃·歌德

一只幼鹰展翅
追逐猎物；不幸
为猎人的箭射中，射断了
右翼的韧带。
它坠落在桃金娘林中
强忍创痛达三日之久，
痛得抽搐了
三个长长的、长长的夜晚；
最后幸亏治疗万物的自然
用无所不在的香膏
治好了它。
它从丛林里钻出来
伸了伸翅膀——唉！
飞翔的力量已被剪断！

再使劲也难以
挣脱地面
去实现微不足道的捕猎需要，
只得深切悲苦地
歇在溪边的低石上；
它仰望橡树，
仰望天空，
一滴泪水充盈着它高贵的眼睛。

这时从桃金娘枝叶里兴致勃勃地
咕咕着飞出一对鸽子，
飞了下来，点头磕脑地
踱过溪边的金沙
又相互偎依在一起；
它们淡红的眼睛四处求爱，
一下看到了这个深切悲苦者。
雄鸽好奇而又和蔼地
飞到近旁的丛林来并
以自得的心情向它友好地望着。
"你在伤心，"它调笑着说，
"放高兴点吧，朋友！
要过宁静的幸福生活，你这儿
不是一切都有吗？

这金色的枝丫保护你
不受烈日暴晒，你难道不欢喜？
你难道不能在溪边的软苔上
对着夕阳的余晖
挺起你的胸脯来？
你到初露欲滴的花间漫游去吧，
从丛林的丰富储藏采撷
你适当的食物吧，到银泉
去缓解你的微渴——
哦朋友，真正的幸福
就是知足，
但凡知足
则无往而不足。”
“哦，聪明人！”鹰说着，认真地
沉入了冥想，
“真聪明！你说得像鸽子一样！”

伯沙撒[①]

亨·海涅[②]

午夜已经临近；
寂然沉睡着巴比伦。

只有王宫还亮着灯，
是国王的随从们在喧腾。

上面是国王的大厅，
伯沙撒在欢宴群臣。

群臣坐成一排排映着光辉。
饮干了葡萄美酒夜光杯。

① 伯沙撒是巴比伦最后的国王。这个故事见《圣经·旧约·但以理书》第五章。
② 亨·海涅(1797—1856)：德国伟大的抒情诗人、讽刺诗人、革命诗人。

群臣欢呼，杯盏叮当；
冲着刚愎的国王闹嚷嚷。

国王的脸颊放着红光；
酒意使他勇敢而又莽撞。

莽撞到了这步田地，
他竟用罪孽的话语亵渎上帝。

他昂首挺胸，放肆辱骂；
群臣鼓掌喝彩一片喧哗。

国王目光傲慢地呼唤；
侍者匆匆趋前又忙忙回转。

他头上顶着许多金杯银盏；
那都是抢自耶和华的神殿。

国王把渎神的手一挥，
接住一只斟得满满的圣杯。

他匆忙一口把它饮干，

以溅沫的嘴巴大声叫喊：

“耶和华，从此咱们没有来往！——
我瞧不起你，我是巴比伦的王！”

这句可怕的话还没说完，
国王内心就开始惶恐不安。

刺耳的哗笑立即鸦雀无声；
大厅里骤然死气沉沉。

看哪！看哪！那白色的墙头
仿佛出现了人的手。

在白色的墙头写了又写，
写出了火的字母又随即泯灭。

国王坐着双目茫然，
面如死灰，两膝震颤。

群臣坐着浑身冰冷，
静静坐着一声不敢吭。

术士来了，可没一个认识
那墙头的火焰文字。

当天夜里这个伯沙撒
就被他的臣仆所暗杀。

不知道是怎么回事

亨·海涅

不知道是怎么回事，
我竟那么悲伤；
一个远古的童话，
我听了久久难忘。

空气清凉，暮色苍茫，
莱茵河静静流淌；
山顶闪闪烁烁，
映照着夕阳。

想不到上面坐着
最美丽的姑娘，
她梳一头金发，
金首饰粲然放光；

她用金梳梳着，
同时唱着一支歌曲，
它有一种奇异
而又强劲的旋律。

小船上的船夫猛然
感到剧烈的痛楚；
他望不见水里暗礁，
他只望着上面那高处。

我想，船夫和船
终归会被波涛吞没；
这就是罗雷莱用歌声
制造的灾祸。

星星待在高空

星星待在高空

亨·海涅

星星待在高空
动也不动一动，
几千年来相互凝望
带着爱的苦痛。

它们讲着一种语言，
那么丰富那么美；
要懂得这种语言
可没一个哲学家会。

我却学会了它，
而且忘不了它；

至爱者的面庞

就是我用的语法。

一株松树孑然伫立

亨·海涅

一株松树孑然伫立
在北方的秃山，
它昏昏欲睡；冰与雪
为它裹上了白毯。

它梦见一株棕榈
远在东方
孤单而沉默地悲伤着
在灼热的断崖上。

悦耳的钟声

亨·海涅

悦耳的钟声
轻轻掠过我心上，
响吧，小小的春歌，
响到远方。

一直响到那屋子，
那儿花朵在发芽。
要是看见一朵玫瑰花，
就说我托你问候她。

民谣

赖·马·里尔克[1]

波希米亚[2]的民谣
多么令我感动，
它悄悄钻进了心头，
叫人感到沉重。

一个孩子为土豆拔草
一面拔一面轻轻唱，
到了深夜的梦里
他的歌还在为你响。

你可能出了远门

① 赖·马·里尔克(1875—1926)：西方卓越的现代诗人，生于布拉格德语家庭。
② 波希米亚：捷克和斯洛伐克西部地区，离布拉格不远。

离开了国境，
多少年后它还一再
回响到你的心。

（约 1895，布拉格）

夏日黄昏

赖·马·里尔克

大太阳四下喷溅，
夏日黄昏躺着发烧，
它的热脸可以点燃。
突然它叹息：“我更想要……
接着又说：“我太疲倦……”

灌木林念着连祷文，
萤火虫在那儿静止下垂
像一道光一样永恒；
一朵小小的玫瑰
带着一圈红色的光轮。

（约 1895，布拉格）

我觉得，有一座小屋是我的

赖·马·里尔克

我觉得，有一座小屋是我的；
我将在它门口坐得很晚，
当红日熄灭而坠落
到呜咽的蟋蟀提琴旁
到紫色的嫩枝后面。

我的小屋有生苔的屋顶
像淡绿色天鹅绒般的软帽，
它的四周填得紧紧
镀得亮亮的小玻璃窗
热烈地向白昼问好。

我梦见，我的眼睛伸出手
来把苍白的星星拿，——

村里传来一声“万福马利亚”，
一只迷途的蝴蝶摇曳
于雪一般闪光的茉莉花。

疲乏的羊群匆匆走过去，
小牧童吹响了哨子，——
把头埋在手里，
我觉得，我的心弦
奏出了闲情逸致。

（1896，布拉格）

我羡慕那些云

赖·马·里尔克

我羡慕那些云，
敢在高空飘荡！
它们把黑色的阴影
投在阳光照耀的荒原上。

它们大胆到能够
使太阳变得阴暗，
这时渴求光明的地球
在它们的翅翼下面抱怨。

太阳的金光如潮涌，
我也想把它拦起！
哪怕只拦几分钟！
云啊，我多羡慕你！

（1894，布拉格）

我爱被忘却的过道上的圣母

赖·马·里尔克

我爱被忘却的过道上的圣母，
她无可奈何地等着什么人，
我还爱寂寞井边的少女，
她金发上戴着花，走进了梦境，

我还爱儿童，他们在阳光下高歌
又睁大眼睛望着星空，
还爱白天，它们把诗篇带给我，
还爱黑夜，它们站立在花丛中。

（1896，布拉格）

黄昏从远方走来

赖·马·里尔克

黄昏从远方走来
走过雪埋的细语的松林。
然后把它冬天的面颊
贴在所有窗户上偷听。

每个屋子都很静；
老人在沙发椅上沉思，
母亲一个个像女王，
孩子们不想开始
游戏。少女们不再
纺绩。黄昏朝里倾听，
他们在里面朝外倾听。

（约 1897）

往往在深夜这样发生

赖·马·里尔克

往往在深夜这样发生：
风像孩子一样苏醒，
它孤零零来到林荫小径，
轻轻，轻轻向村庄走进。

它试着走近池塘，
然后四顾倾听：
房屋漂白如霜，
橡树缄默无声……

那时我是个孩子

赖·马·里尔克

那时我是个孩子梦见了很多
可还没有享受过青春；
一天有个人演奏弦乐
唱着走过我家院门。
我不安地冲外张望：
“哦妈妈，放我出门看看……”
　他的声音最初一响，
　就把我的心撕成两半。

他还没唱我就明白：
唱的将是我的生活。
别唱，别唱，你异乡客：
唱的将是我的生活。

你唱我的幸福和我的烦恼，
你唱我的歌，接着：
唱我的命运未免太早，
我会长得越来越高，——
再不能过这样的生活。

他唱着，渐渐消失了脚步，——
他还得继续边走边唱；
唱我受不了的痛苦，
唱我抓不住的幸福，
还要带我走，带我走——
没人知道走向何方……

（1898，维亚雷焦）

那儿花朵在发芽
要是看见一朵玫瑰花
就说我托你问候她

童 年

赖·马·里尔克

学校里的烦恼和期待何其悠长，
连同闷煞人的事物缓缓流淌。
哦寂寞，哦难挨的时光，……
终于下学了：街头闪耀而丁当，
广场上泉水在喷放，
公园里世界如此宽广。——
穿着短服从这一切走过，
走得和别人完全不一样[①]——：
哦奇妙的时光，哦时光的消磨，
哦寂寞。

远远望开去望进了这一切：

① 里尔克在六岁以前一直被家人用女孩衣服打扮着，并作为女孩来教养。

男人和女人；男人，男人，女人
和孩子，它们五颜六色，分外别致；
这儿有屋子一座，不时还有狗一只
于是恐惧悄然换成了信任——：
哦无谓的悲伤，哦梦想，哦心惊胆颤，
哦无底的深渊。

于是玩耍起来：球呀圈呀还有环
在一个渐渐暗下来的公园，
有时盲目擦过成人身边
在急促的抓捉中变得野蛮，
但傍晚静下来，脚步呆板，
磨磨蹭蹭回家去，双手紧攥：
哦不断消逝的领悟，
哦烦恼，哦重负。

又几小时跪着跪在
有只小帆船的大灰塘边；
要忘掉它，因为还有别的、同样的
更美的帆不断穿过波圈，
还必须想到那沉下去又从塘里
露出来的苍白的小脸——：

哦童年，哦淡化了的对照，

哪儿去了？哪儿去了？

（1905－1906,巴黎—默东）

秋

赖·马·里尔克

叶片在落，像从高空一样落，
仿佛遥远的花园已在天上衰朽；
它们落着打出手势说“莫”。

而夜间又落下沉重的地球
从所有星辰落进了寂寞。

我们都在落。这只手也在落。
请看另一只手：它在一切之中。

但有一个人，他在他的手中
无限温存地抓住了这种降落。

（1902,巴黎）

乞丐之歌

赖·马·里尔克

我沿门告化，
日晒雨淋；
忽然我把右耳
放在右手心。
于是我觉得异样，
仿佛从没听见过我的声音。

于是我搞不清楚，是谁在哭喊，
是我还是随便哪一个。
我为一两文钱哭喊。
诗人哭喊为了更多。

最后，我用双眼
关闭了我的脸；

它沉重地躺在手里，

看来几乎像在安息。

因此人们不至于猜想，

我连放脑袋都没有一个地方。

（1906，巴黎）

越过闪烁的砂砾

房屋张开了眼睛……

保·策希[1]

晚间万物不再盲目
而僵硬地站在被追逐时刻
的冲击中；风从磨坊带来了
冷却的露水和鬼魅似的蓝色。

房屋张开了眼睛，
星星下面的星又是地球，
桥梁下沉到河床
深处有独木舟一只只游过。

轮廓从每一株灌木身上长大，

① 保·策希(1881—1946):创作甚丰,包括诗歌、长短篇小说、评论、翻译等。

树梢吹开去像懒洋洋的烟
山谷把长久压着山岳掀开了。

但人们却带着入迷的面孔
在星星的银浪中惊叹
像果实一样又熟又甜即将坠落。

下　午

格·海姆[①]

秋日的白杨
在路旁
冻得发抖。
两个孩子
和两个妇人
背着枯柴，
从林中走来，
走上空荡荡的大街。

一股疾风
追着叶片，
一直追下去，

---

① 格·海姆(1887—1912):德国诗人,著有《永恒的日子》。

而每刮一阵，
便刮走成百叶片
黄的和红的，
它们落到地面，
从暗淡无光的天空，
如死去的飞鸟。

伦敦一家施粥厂门前的孩子们

恩·斯塔德勒[①]

我看见孩子们两个一排，排着长队，
　站在一家施粥厂门前。
他们等待着，沉默寡言，昏昏欲睡，
　等候轮次吃他们的晚餐。
他们肮脏而又褴褛，
　打盹倚靠着墙壁。
小女孩用失灵的双手
　抱着苍白的婴儿。

他们饥饿而胆怯
　站在亮起来的路灯之间，
好些个瘦削的脸上

① 恩·斯塔德勒(1883—1914)：早年留学英国，莎士比亚学者，第一次世界大战中阵亡。

带着深色的斑点。
他们的衣服有地窖、暗室，
挨骂受气，忍饥耐寒的气味，
他们的身体带着贫困
和过早劳役的疤痕。

他们等待着：别人一吃完，
就会让他们走进大厅去，
给他们摆出面包和蔬菜，汤汁
盛在白铁杯子里。
哦，然后倦意来临，松弛了
他们扭曲的四肢，
而夜和香眠将引着他们
到奇妙的玩偶室里去玩
旋转马和小锡兵。

1914

母亲的梦

威廉·巴恩斯[①]

昨夜我入睡了
做了一个梦，
哎，醒来泪水涟涟，
为了那伤心的一幕：
我梦见我的亡儿
他已然弃我而去；
我不是没有孩子，
就是留不住。

我于是走到天上
去把我的孩子找寻，
却见走来一队儿童

① 威廉·巴恩斯(1801—1886)：生平不详。

又美又温顺，
每人穿着白衣像百合
手里提着一盏亮灯；
看来个个轮廓分明，
可都默不作声。

天可怜见，我的亡儿
终于来到我的身旁，
他手里也提着一盏灯
哎，可是没有点亮；
为了解释我的疑惑，
他掉过头来对我讲，
“是你的泪水浇熄的；
妈妈，切莫再悲伤。”

越过闪烁的砂砾

埃·拉斯克尔-许勒尔[①]

我可以回家了——
灯熄了——
最后的迎迓消失了。

我该到哪儿去？
哦妈妈，你可知道？
连我们的园子都死了！……

一束灰色的石竹躺
在老家的犄角。
它博得了细心的照顾。

① 埃·拉斯克尔-许勒尔(1876—1945):德语犹太女诗人,1933年起流亡各地,1937年定居巴勒斯坦,晚年贫困潦倒,卒于耶路撒冷。

门上围着花圈欢迎
全凭颜色表达盛情。
哦亲爱的妈妈！……

晚霞到早上
喷射出温存的眷恋
在耻辱与困苦的世界面前。

我再没有姐妹和兄弟。
冬日与巢穴里的死神相戏
严霜冻僵了所有情歌。

我的人民

埃·拉斯克尔-许勒尔

岩石变脆了
我从里面跳出来
唱我的圣歌……
我突然从跑道冲下去
在我心里潺潺流着
流向远方，独自越过呜咽的石头
流向海。

我的血液像
果汁发着酵
把我流得那么远。
但我心里仍不停地
回响着，
当脆裂的岩石般的骸骨，

我的人民

面朝东方可怕地

向上帝呼喊起来。

历代最伟大的德国人

（1938 年 9 月他在柏林体育宫演说之后）

弗·韦费尔[1]

上衣挂有魔鬼的十字架，
额头深深搭着卷发，
卓别林小胡子像个斑块：
这是个龌龊的妖怪。

从“种族沼泽”发祥，
早已中毒而肿胀，
这个稀里胡涂的什么东西
不知怎么混进了第四阶级。

① 弗·韦费尔（1890—1945）：德语犹太诗人，生于布拉格，卡夫卡的朋友，参加了第一次世界大战，战后移居维也纳，后去美国。除诗创作外，还写小说多种，反映战争恐怖。

没有受好公民教育，
却成了诸神事业的工具。
一个小人物十分卑微，
却把自己成百万倍地吹。

他把德国种族联合成
一批羊肚菌似的人民。
他所联合的一切臭气熏天。
德国文字像石头一样枯干。

声音尖锐而热烈。
许多耳朵感到亲切。
它的嗥叫穿过苍穹，
变成了世界的耳虫。

我们抗拒它的标志
不论是活人还是死尸。
这癞子懂在心里，
是我们，我们取得了胜利。

世界快把血流干。
帝国在付酒账单。

诅咒和劳役留给人民作奖赏，
还有“大卫的儿子[①]”这个希望。

① 大卫系古以色列第二代国王，被视为期望中的救世主形象。

恶面具

贝·布莱希特[①]

我墙上挂着一张日本木刻的
恶魔的面具，涂上了金漆。
我不胜同感地看见
额头肿胀的血管，它意味着
变邪恶也得花力气。

① 贝·布莱希特(1898—1956):杰出的现代德语诗人、剧作家、戏剧理论家。

浇灌花园

贝·布莱希特

为了鼓舞绿色，浇花园喽！
浇干渴的树！浇个够。可别
忘了灌木丛，还有
不生浆果的，那疲惫的
吝啬者！别忽视
花朵中间的野草，它们也
渴得很。别只浇
新鲜的或烤焦了的草坪：
你还得关心赤裸的土地。

坐一辆舒适汽车旅行

贝・布莱希特

坐一辆舒适汽车旅行
在一条落雨的村路上
黄昏时分我们看见一个衣衫褴褛的人
鞠躬示意，求我们带他一程。
我们有屋顶，我们有空间，我们把车开过去
我们听见我悻悻地说道：不
我们不能带任何人。
我们走了很远，也许有一天的行程
这时我忽然吃惊于我的这个声音
我的这个言行和这
整个世界。

顽童捣蛋记

[德]威廉·布什著

译 者 说

关于原著 每个德国人都知道马克斯和莫里茨。即使作为“出口货”来说，这两个标准的小坏蛋也可说是“有口皆碑”。但是，须知正是通过被视为德国国宝级漫画的原著，他们才得以共襄联络各民族的盛举。不论是德国原文，还是相应的英、法、西、意和拉丁语译本，又都靠这些图画得以流传。哪怕只对其中某一种语言略有了解的读者，读起本书来，都会读得开怀大笑。至于每个熟悉多种语言的人，他就越发会在这里找到富有文化气的娱乐和饶有趣味的教益。

关于作者 威廉·布什(1832－1908)的名字，在德国同样家喻户晓。除了本书，他还写过其它许多连环漫画故事诗，在这一点上，可称得上德国的“笑料大王”。虽然他也写过一些比较严肃的诗作，以机智亲切包装其中的怀疑，以喜悦包装其中的忧郁，但这些诗作并不像本诗这样著名。威廉·布什作为画家，更是受到大家的赏识，本诗的插图闻名遐迩，就是证明。

关于中译本 《马克斯和莫里茨》的中译本，改名为《顽童捣蛋记》，是译者1989年应德国汉诺威市威廉·布什博物馆为该书出版125周年纪念所约而译的。这个中译本曾被收入同年该馆所编大型威廉·布什纪念册中，其中除德语、英语等文本外，新增瓦龙语（比利时南部罗马化日耳曼人后裔所用方言）、葡萄牙语、日语、俄语和汉语等文本。原文采用德语口语，中译本也相应试图口语化。

开 场 白

大家想必听说过
顽童故事一大摞！
话说两个坏小子，
名叫马克斯、莫里茨。
正经话儿听不进，
学做好人硬不肯，
循规蹈矩他好笑，
淘气病根改不掉。
调皮捣蛋样样精，
干尽坏事穷开心：
打鸡骂狗把人伤，
苹果桃梨偷吃光——
一帆风顺真得意，
手脚显得挺麻利，
胜似呆坐冷板凳，

一天到黑啃书本。

可惜好景不长久，

请看他俩下场头：

落个粉身又碎骨，

路人听了都要哭。

桩桩祸害记上账，

为人莫学恶模样。

第一回捣蛋

天下妇女懂家计，
劳神费力来养鸡。
养鸡首先为下蛋，
天天下蛋下不完；
打打牙祭在其次，
烤鸡吃上一大只；
最后还有一个宝：
鸡长一身好羽毛，
用来塞枕填被褥，
免得挨冻不舒服。

有位波特老大娘，
不是冬天也怕凉。
她养母鸡三大只，
公鸡带头喔喔啼。

小马小莫起坏心：
“咱俩怎生要一顿？”
说时迟来那时快，
一个面包切两块，
再切两块成四片，
每片手指那么点。

两根细绳结中间，
四片面包系四端，
摆在大娘院子里，
眼看就有鬼把戏。

公鸡一见面包片，
扯起嗓子叫几遍：
喔喔喔来喔喔喔，
唤来母鸡一大窝。

公鸡母鸡齐张口，
一口一片叼着走。
摽住舌头咯咯叫，
想逃再也逃不掉。

左拽右扯上下窜，
打了一场拉锯战，
扑腾扑腾飞上天，
大祸临头在眼前！

东边晃来西边荡，
全都挂在树枝上！
颈子越抻越细长，
嗓子越叫越悲伤。

每只临终下个蛋，
一命呜呼真可叹！

这时大娘躺在床，
听见院里闹嚷嚷。
出来一看吓掉魂，
哪有这样怪事情？

“伤心眼泪如泉涌，
竹篮提水一场空。
养鸡前程如锦绣，
好梦到头付东流。”

又心酸来又气恼，
大娘操起一把刀，
割断绳子放下鸡，
免得瞧着心憋气。
愁容满面不开言，
匆匆忙忙回家转。

头回捣蛋得了手，
不信二回肯罢休。

为了鼓舞绿色，浇花园喽！
浇干渴的树！浇个够。

第二回捣蛋

可怜波特老大娘，
缓过气来细思量，
左思右想前后比，
比出一个好主意：
肉肥毛厚蛋又鲜，
可叹一命丧黄泉，
何不加料来烤熟，
关起门来独享受？

旧恨新愁仍不小：
眼见它们赤条条，
拔光羽毛挂烤炉，
哪比当年恁自由：
跑遍院子跑花园，
兴致冲冲扒沙团。

大娘再度放悲声，
小狗一旁直发愣。

小马小莫闻到香，
偷偷便把屋顶上。

穿过烟筒往下瞧，
大把白鸡共四条：
剁掉脑袋切断颈，
平躺锅里香喷喷。

大娘挥泪把盘端，
且往地窖走一番，
顺手还把木勺带，
掀开坛子舀酸菜。
酸菜烤鸡一锅热——
馋得大娘打饱嗝。

屋顶也在忙不迭，
忙坏两个小饕餮。
小马未雨先绸缪，
事先备好长钓钩。

刺棱一下好运气，
轻巧钓上一只鸡。

刺棱两下钓两只；
刺棱三下钓三只；
最后还剩一只鸡，
顺手一钓不费力。
小狗在旁看得清，
汪汪汪汪叫不停。

小偷得鸡笑开颜，
窜下屋顶一溜烟。

大娘转来一瞧锅，
目瞪口呆脚哆嗦。
祸不单行命真苦，
丢勺摔盘神无主。
四只烤鸡全被偷，
一腔怒气撒向狗。

“就怪你这小混蛋，
打你一个稀巴烂！”

操起身边大木勺，
抓住狗尾打正着。
小狗嚎叫真个惨，
平白挨揍真叫冤。

且说小偷吃了鸡，
灌木林里来休息，
肚子吃得圆鼓鼓，
四脚八叉打呼噜。

二回捣蛋得了手，
不信三回肯罢休。

第三回捣蛋

村子方圆几百户，
谁人不知羊师傅。
师傅裁剪手艺高，
会做便服和棉袄，
马甲、礼服、节日装、
长裤、绑腿都在行。

量体裁衣钉好扣，
既不肥来也不瘦；
缝好前片缝后片，
里是里来面是面。

师傅做工实在好，
什么活计难不了，
人人见了人人夸，

都夸师傅是行家。

无论男女或老幼，
都愿跟他交朋友。
唯有两个小坏蛋，
一心琢磨来捣乱：
如此这般干一场，
好让师傅出洋相。

师傅门前一条河，
河水哗哗把岸隔。
好在架了桥一座，
南来北往桥上过。

小马小莫恶作剧，
偷偷拿起锯子锯。
呼哧呼哧锯得欢，
桥板锯了尺来宽。

锯罢桥板伸直腰，
冲着对岸高声叫：
“裁缝，裁缝，咩咩咩！
山羊出来把晌歇！”

老羊师傅脾气好，
平日吃亏从不吵，
这次听见咩咩叫，
不由心头怒火烧。

猛地抬脚往外赶，
一脚跨过屋门槛。
又是一声叫咩咩，
一口闷气没法憋。

师傅刚一踏桥板，
咔嚓一声断两半。

坏包“咩咩”不停嘴，
师傅“咕咚”掉下水。

河水呛得正没辙，
河边游来一对鹅。

师傅死命抓鹅腿，
大鹅吓得扑腾飞。

扑腾扑腾飞上岸，
师傅才算脱了险。

师傅遭殃得了病，
肚子痛得真要命，
浑身发冷又发烧，
乐坏两个小坏包。

亏得师娘忙不迭，
赶忙送来热烙铁，
熨熨师傅凉肚皮，
退烧去痛止喷嚏。

不久村里又传遍：
“老羊师傅复了元！”

三回捣蛋得了手，
不信四回肯罢休。

第四回捣蛋

自古常言道得好：
为人不学不知晓，
不光要学 ABC，
百尺高楼平地起；

不光要学读和写，
知书达理不费解；
不光要学九九表，
加减乘除难不倒；

还有一门修身课，
教人言行依准则。
为把课程巧安排，
特聘兰珀老师来。

兰珀老师人人敬，
两个坏包可不听，
挖空心思把人害，
发蒙师长不例外。

兰珀老师年岁高，
平日爱把烟斗叼，
教读教写太辛苦，
抽烟解乏才舒服。

公道自古在人心，
谁个敢欺老年人。
小马小莫真无赖，
花样翻新来使坏，
眼见老师烟斗长，
一心琢磨鬼名堂。

老师正直又善良，
每个礼拜去教堂，
恭恭敬敬琴旁坐，
风琴弹得真不错。

小马小莫脚步轻，

溜进老师小屋门。
桌旁靠着长烟斗，
小马一把拽在手。

小莫手向口袋伸，
掏出一个炸药瓶，
使劲塞来使劲撮，
炸药撮满烟袋锅。

转身回家笑得憨，
教堂礼拜就快完。

尽完神职定定神，
负责锁好教堂门，
提着钥匙挟乐谱，
兰珀老师回家去。

三步并作两步颠，
盼着一袋解乏烟。

问心无愧炉旁坐，
拿起烟斗来点火。

“知足常乐”老师吟，
吞云吐雾真称心。

轰然一声烟斗炸，
晴天霹雳真可怕：
火炉桌椅飞上天，
玻璃茶具玩儿完，
墨水、烟盒、咖啡壶，
乱七八糟摔满屋。

看见浓烟听见响，
众人赶快来帮忙。
只见老师躺地上，
眉毛头发全烧光。

谢天谢地人活着，
就是模样认不得：
满脸满手是黑粉，
活像一个摩尔人。

功课请谁来教授？
谁教孩子写和读？
教堂风琴谁来弹？

公共事务谁来办？
老师拿啥来解乏，
砸了烟锅断了把？

没有别样犹可说，
抽不成烟真难过。

四回捣蛋得了手，
不信五回肯罢休。

第五回捣蛋

谁家没有大老叔，
住在附近是邻居。

只要对他讲礼貌，
老叔总是呵呵笑：
早上见面道声“早！
可有啥事要效劳？”

送报递烟拿纸燃，
老叔对你笑眯眼；
捶捶肩膀搔搔背，
老叔乐得真开胃。

诸如此类小殷勤，
老叔如意又称心。

要是他老闻鼻烟，
喷嚏打个响连天，
应当乖乖凑上去：
“您活百岁多有福！”

要是他老回家晚，
帮忙脱靴把衣掸，
拖鞋、睡衣和睡帽，
扶他穿上不感冒。

尊长敬老理当然，
老叔幸福度晚年。

打斜调歪小灾星，
好话一筐听不进。
菲茨大叔躲不脱，
小马小莫诡计多。

人人都知金壳郎，
圆圆甲壳紫又亮，
树上树下到处飞，
嗡嗡乱叫显声威。

小马小莫兴致高，
四手合抱把树摇。

随身带来纸口袋，
摇下金虫装起来。

手拿口袋跑得急，
塞进大叔被褥里。

大叔头戴尖睡帽，
打算睡个安稳觉，
钻进被里不吱声，
合上眼睛好做梦。

金虫窸窣往外爬，
爬上被面黑鸦鸦。

金虫排队来冲锋，
冲着大叔鼻孔嗡。

大叔“哎呀”一声吼，
一只怪物抓在手。

大叔闪身跳下床，
寒毛直竖心发慌。

天哪，颈上爬的有，
臀部也有赶不走。

又爬又飞叫嗡嗡，
吵得大叔快发疯。

踩呀蹬呀拍又捶，
一下打死一大堆。

“小小怪物真讨厌，
快快滚你妈的蛋！”

大叔心安再上床，
一觉睡到大天光。

五回捣蛋得了手，
不信六回肯罢休。

第六回捣蛋

复活佳节真喜人，
面包师傅最虔诚。
点心甜香逗人馋，
整整齐齐摆在盘。

小马小莫流口水：
咋不捞点喂喂嘴？

面包师傅可小心，
门窗锁得特别紧。

小偷要想溜进屋，
得钻烟筒吃点苦。

两个坏包才不怕，

一钻钻成黑乌鸦。

只听扑通一声响，
不料掉进面粉箱。

浑身白面忙站起，
活像两根大粉笔。

8 字面包堆成山，
端把椅子把高攀。

咔嚓！——椅子踩断跌了跤；

扑通！——一跤跌进面浆槽。

蒙头盖脑淌浆糊，
两个坏包真发憷。

擦不干净舔着吃，
糟糕来了面包师。

一手一个滴溜转，
两下转成面包卷。

要烤面包火正旺，
送进烤炉正赶趟。

转眼烤得焦又黄，
师傅拽着出炉膛。

估摸他俩膈儿屁，
谁知活得挺得意，
嘎嘣嘎嘣像老鼠，
咬破脆壳溜出屋。

师傅气得跺脚吼：
“两个小贼全逃走！”

六回捣蛋得了手，
不信七回肯罢休。

第七回捣蛋

天网恢恢不可逃，
顽童捣蛋未一遭。

贼心不死大如斗，
粮食袋子捅个口。

袋子扛在农民肩，
扛往磨房磨麦片。

刚一抬脚门外走，
麦粒便从刀口漏。

袋子漏空把头回：
“今天真是见了鬼！”

转身一看心欢喜，
祸害藏在麦堆里。

换个口袋就来铲，
铲进两个小坏蛋。

背起口袋去磨房，
小马小莫心发慌。

农民开口求老板：
这袋粮食快磨完。

老板回答“甭发愁！”
抖搂口袋进漏斗。

嘁哩喀喳磨盘转，
小马小莫全完蛋。

可怜他俩碾成末，
又匀又细一撮撮。

老板肥鸭真高兴，
一撮一口吃干净。

收场白

噩耗飞快传村内，
无人一掬同情泪。

波特大娘心肠软：
“何曾料到这么惨？”

老羊师傅感慨多：
“自作自受何须说。”

兰珀老师掉书袋：
“孺子难教实堪哀！”

面包师傅发了言：
“只怪他们嘴太馋。”

菲茨大叔点点额：
“愚蠢玩笑开不得。”

善良农民眨眨眼：
“这可跟我不相干。”

人人扬眉又吐气，
奔走相告好消息：
“感谢老天来保佑，
脓疱到底穿了头！”

（完）

精灵与男爵

玻璃瓶里的精灵

格林兄弟[1]

从前有一个可怜的樵夫，从早到晚劳动不辍。后来他把一些钱币攒到一起，对他的儿子说："你是我们的独子，我要把我用血汗赚来的钱用在你的学业上；你若能学到一点正派手艺，当我的四肢僵硬了，只能留在家里时，你就可以为我养老了。"

儿子上了一个高等学校，学习很勤奋，获得老师的表扬，于是他在学校逗留了较长的时间。当读完了两个学业阶段，但还没有毕业时，他父亲赚得不多的那点钱用光了，他不得已只好回到自己家中。

"哎，"他的父亲悲伤地说，"我再不能给你什么了，在这物价昂贵的时刻，除了日常面包，我再也赚不到一个塔勒（指钱币

① 格林兄弟是德国语言学的奠基人，他们搜集和编辑的《格林童话》，是世界儿童文学中的宝贵财富。哥哥雅各布·格林1785年出生，1863年逝世；弟弟威廉·格林1786年出生，1859年逝世。

单位)了。”——“亲爱的父亲,”儿子答道,“请您别为此发愁;如果这是上帝的意愿,自然会产生好的结果;我对此安之若素。”

当父亲准备出门进入树林,以便通过林木工作挣得一点什么时,儿子说:“我要跟你去并帮助你。”“可是,孩子,”父亲说,“这会使你感觉劳累的,你不习惯繁重的劳动,你会忍受不了的;况且我只有一把斧子,没有多余的钱再买一把。”儿子回答:“那就到邻居那里去问问,请他把他的斧子借给我用些天,直到我为自己也弄到一把。”

于是,父亲到邻人那里借来了一把斧子。第二天早上天一亮,他们便一起走进林子。儿子帮助父亲,工作得十分起劲而且兴致勃勃。当太阳升到他们头顶时,父亲说:“我们可以歇一下,吃吃早餐,然后会感觉精力好上一倍。”儿子拿着面包说:“你休息一下吧,父亲,我不累,我想在林子里来回走走,找找鸟窠。”——“啊,你这傻瓜,”父亲说,“你到处跑些什么,搞得累了,怕手臂也举不起;就呆在这里吧,挨着我坐着。”

但儿子还是去了,他吃着面包,十分高兴,透过绿色的枝桠,看自己能否发现一个鸟窠。于是他这里那里地到处走着,最后到达一株大而危险的橡树旁。橡树已经有几百岁了,几个人也围不拢它。他站着,边看边想:这里一定有许多鸟窠藏在里面。他忽然觉得,仿佛听到一种声音。他听着听着,像有一种相当低沉的声音在呼叫:“让我出来,让我出来。”他四下观看,但什么也没有发现,他觉得这个声音是从下面地层传出来的。他就喊道:“你在哪儿?”声音回答:“我呆在橡树根里。让我出来，让我出来。”学生开始在树下清除杂物，在根部寻找着，最后在一个小洞里发现了一个玻璃瓶。他把它举起来，冲着亮光观看；他看见一个东西，形状像青蛙，在瓶子里面跳上跳下。“让我出来，让我出来。”它重新呼喊着。学生不认为它是什么邪物，便把瓶子打开了。一个精灵随即冲了出来，开始长大，它长得那么快，一眨眼工夫就变成一个可怕的家伙，有半棵橡树那么大，站在了学生的面前。它用一种可怕的声音喊道，“你可知道，你把我放出来应得的报酬是什么？”学生无畏地说：“不知道，我怎么会知道呢？”——“那么我说给你听，”精灵喊叫着，“我要为此扭断你的脖子。”——学生回答道，“你应当早点跟我说，我将让你留在原处；而我的头颅会好好地竖在你面前，以免更多人会被问到。”——“更多人来，更多人去，”精灵叫道，“你应得到的报酬，你会得到的。你以为我被关了这么久，是出于谁的怜悯吗？不是的，这是对我的惩罚；我是强大的墨丘利（商业神），谁让我出来，我就扭断谁的脖子。”——“别着急，”学生答道，“不要那么快嘛，我还得先知道，你是否是真正的精灵；如果你能再进去，我才会相信你是真的呆在这个小瓶里，然后你才能随意处置我。”精灵傲慢地说：“这是小菜一碟。”于是收缩自己，变得又细又小，像它开始时那样，然后通过瓶口、通过瓶颈又爬了进去。但它刚一进去，学生就把取下的瓶塞重新塞上了，接着把瓶子扔回橡树根的老地方，精灵被骗了。

学生想回到父亲那里去，但精灵叫得十分可怜：“啊哈，让我出去，让我出去。”“不，”学生回答，“谁向我谋求过一次生命而恩将仇报,如果我重新捉到了它,我是不会放它的。”——“如果你释放了我,”精灵喊道,“我将给你很多东西,可以满足你的有生之年。”——“不,”学生答道,“你会骗我的,就像第一次一样。”“现在我倒想丰厚地报答你,”精灵说,“如果我什么也不为你做,你将失去你的幸运。”学生思考着:我不妨冒一下险,它也许会遵守诺言,而且也损害不了我什么。于是他拔开了瓶塞,精灵像上次一样冲了出来,扩张着自己,变得像个巨人了。“现在你可以得到报酬,”说着它交给学生膏药大小的一块布,并告诉他,“如果你用它的一端抹伤口,会马上使伤口痊愈;如果用它的另一端擦钢铁,钢铁就会变成银子。”——“我得先试一试,”学生说,接着他走到一棵树旁,用斧子砍裂了树皮,并用“膏药”的一端抹了它,马上树就封口并恢复正常了。“嗯,它很有效,”他对精灵说,“现在我们可以分手了。”精灵因他释放了自己而致谢,学生也为它的礼物表示了谢意,然后他回到他父亲那里去。

“你到处跑,跑到哪里去了?”父亲说,“为什么你把劳动扔到了脑后?我刚才就说过,你是做不出任何事情的。”——“别抱怨了,父亲,我会补做的。”——“是的,补做,”父亲恼怒地说,“这么没有礼貌。”“注意,父亲,这棵树我刚才砍了它,它会咔嚓咔嚓响的。”他拿出“膏药”,用它擦了擦斧子:结果发现铁斧变成银的了,斧刃也变样了,呈现出好大一个劈裂处。“哎,父亲,瞧,你给我怎样一把糟斧头,它完全走了样。”父亲吃惊地说道:“啊哈,你做的好事!我得偿还这把斧头,还不知用什么偿还呢;这就是我从你的劳动得到的好处!”——“别生气,”儿子回答，“斧头我会赔偿的。”——“啊，你这笨蛋，”父亲喊道，“你用什么赔哟？你什么也没有，除了我给你的；这就是你藏在脑子里的大学生的花招，而对于伐木，你却一窍不通。”

过了一会儿，学生说，“父亲，我再不能做什么了，我们不如收工吧。”——“说啥呢，”老爹答道，“你以为，我会把双手放在怀里无所事事，像你一样吗？我还得干活，但你可以收拾回家了。”——“父亲，我是第一次到林子里来，我一个人不认得路，跟我一起走吧。”因为怒气已平，父亲于是被说服，跟他一起回了家。老人对儿子说：“去卖掉这把难看的斧头，并留神你收回来的钱；其余不够的我来挣吧，以便赔偿邻人。”

儿子把斧头拿到城里一家金银首饰作坊，工匠师傅检验之后，把它举起说：“它值四百塔勒，只是我还没有这么多现款。”学生说，“你有多少就给我多少，剩下的算我借给你的。”于是首饰工匠给了他三百塔勒，剩下的一百塔勒欠着。然后，学生回到家里，说：“父亲，我有钱了，去问问邻人那把斧头需要多少钱。”——“我已知道，”父亲回答，“是一塔勒六格罗森。”——“那就给他两塔勒十二格罗森吧，这是双倍的钱，应该够了；你瞧，我现在有大量的钱。”他给了父亲一百塔勒，对他说：“你再不会匮乏了，就按照你喜欢的方式生活吧。”——“我的天，”老人说，“你是怎么发财的呢？”于是他告诉父亲，一切是怎么发生的，他又是如何靠运气发了一大笔财。但他还是把其余的钱送到了高等学校，在那里继续学习。因为他能用“药膏”治愈一切伤口，他变成了全世界最有名的医生。

敏豪森男爵之奇遇及其水陆历险记

戈·奥·比尔格[1]

先生们，因为我们还有时间再喝这一瓶，我还想告诉你们一桩非常稀罕的事件。

我被引谒过的大苏丹，想派遣我到开罗去处理一件十分重要的事情。

我十分阔气地带着众多随从由陆路启程。途中我有机会增加若干非常有用的人员，来充实我的仆役队伍。离开君士坦丁堡不到几里路时，我看见一个瘦小的人，以极快的速度越过田野跑过来，小人每条腿上还绑着一个约五十磅重的铅球。诧异于这个现象，我把他喊住，问道："跑这么快，上哪儿去，我的朋友？为什么你以这样的重负妨碍你的奔跑呢？"

奔跑者回答道："我半小时前从维也纳匆匆赶来，这以前我在那里为一位贵人服务，今天我辞职了。我想到君士坦丁堡

① 戈·奥·比尔格（1747—1794）：是德国狂飙突进时期著名的叙事诗诗人，因生活贫困，47岁死于肺痨。

去，就在那里再找一个职业。至于我腿上的铅球，我是想稍微减缓一下我现在并不需要的速度。”

我觉得这人不错，便问他，是否愿意为我服务，他表示了乐意。

我们由此再出发，经过了许多城市和许多村庄。在离大路不远处躺着一个不声不响的人，好像睡着了。可他并没有睡着，他其实是把耳朵小心地贴着地面，仿佛在倾听地狱的居民。

“你在那里听什么，朋友？”

“我为了消遣在倾听小草，在听它怎样地生长。”

“你听得见吗？”

“哦，小事一桩！”

“那么来为我服务吧，朋友！谁知道，有时会有什么要人听呢！”

那家伙跳起来，跟着我走了。

不远的山头上站着一个猎人，他把枪瞄准后，朝着蓝天噼啪地放枪。

“你好，你好，猎人先生，你在射击什么？除了蓝天，我什么也没有瞧见。”

“哦，我在试用这支新枪！在斯特拉斯堡大教堂的屋顶上有一只麻雀，我刚刚把它射下来了。”

谁若了解我对这高超狩猎的热爱，就不会对我立刻拥抱了这位优秀射手感到惊讶。不言而喻，我毫不犹豫地把他也收入了我的服务行列。

接着我们又走过许多城市，许多乡村，终于路经黎巴嫩。在一座大雪松林前面站着一个粗壮、敦实的小伙子，手里拿着一根长绳，长绳围绕着整个林子。

“你拉它干吗，朋友？”我问小伙子。

“哦，我要搞点建筑材料，可把斧子留在了家里！现在只好尽可能自助了。”说着，他猛地一拉，把一平方里大的整个林子，像一个芦苇丛似的，拉倒在我的眼前。

我所做的不难猜想，我没有让那小伙子从我身边溜掉，而让他享受我整个使命中支付给他的薪金。

后来我继续前行，终于来到埃及地面，结果遇上一场巨大的暴风雨，以致我担心会连同我的车辆、马匹和人员一起被掀翻，并被刮到半空中去。

我们道路左边有七座风磨立成一排，它们的风叶像最快的纺织娘的纺锤，飞快地绕轴呼呼作响。而右边不远处站着一个大胖小伙儿，用食指堵住他的右鼻孔。

而当他看到我们的困境，便转动身子，朝向我们，恭敬地向我脱帽敬礼。忽然间再没有一丝风在吹动，七座风磨也突然全部停了下来。

为这桩似乎并非自然发生的事件所惊讶，我对那个怪物喊道：“伙计，怎么回事？是魔鬼凭附在你身上，还是你本人就是魔鬼？”

“请原谅，阁下，”那人答道，“我不过在为我的主人，那个磨坊主，弄一点风。为了不把七座风磨完全吹倒，我好歹得封住

我看月亮，
月亮也看我；
上帝保佑月亮，
上帝也保佑我。

一个鼻孔。”

嘿，好家伙！我想。如果有朝一日回到家里，向大家讲述在水陆旅途所遇到的一切奇迹时，他可是个有料之人。于是我们很快达成协议。制风者让他的风磨停下来，跟我走了。

终于是抵达开罗的时刻了。一当我在那儿如愿地完成我的任务，我就遣散了我全部的随从人员，当然除了新聘用的几位侍者，我把他们以私人身份带着走上归程。因为天气晴好，尼罗河美不胜收，我陷入诱惑，想租一条三桅帆船，走水路到亚里山大里亚去。如此走到第三天，一切十分美好。

先生们，你们大概听说过尼罗河每年一次的泛滥。到第三天，正如所说，洪水肆无忌惮地暴涨，到次日，左右两边的陆地被淹没了好几里远。到第五天日落后，我们的船忽然被什么绊住了，我认为是藤蔓和灌木什么的。但是第二天早晨天刚亮，我发现船被熟透的杏子所围绕着，杏子的味道还异常甘美。当我们把测锤扔出去，才发现我们至少浮出地面六十尺高，完全是进退维谷。我根据太阳的位置来推断时间，大约到了八九点钟，突然刮起了一阵风，使我们的船完全被刮到一边去了。随后它灌进了水，沉没了，很多天我都没有听说和看见它的踪影。

幸运的是，我们全部得救了，共计有八个大人和两个小孩。我们给树绊住，它们的枝桠足以支撑我们，却承受不住船的重负。在这种状态中，我们度过了三个星期，完全靠杏子为生。不言而喻，饮料是不缺乏的。在我们遭难的第二十二天，水落得像它涨得一样快，在第二十五天，我们重新踏上了陆地。我们的小船是我们看见的第一个令人愉快的东西,它躺在离它沉没处约两百英寻①远的地方。我们把于我们必需而有用的东西晒干之后,利用我们船上的库存配备了一切必需品,然后根据我们的旅行目标选择了一条通道。经过精确的计算,我发现,我们已被漂离园圃和各种林苑有一百五十里远。七天之后,我们到达了又在河床上流动的河流,并向一位土耳其长官讲述了我们的奇遇。他非常友好地帮我们解决了一切必需品,并用一艘属于他自己的木船把我们送走。

大约六天之后,我们抵达亚里山大里亚。从那里我们乘船驶进君士坦丁堡,在君士坦丁堡受到大苏丹极其慷慨的接待。

自我的埃及之旅以来,我深受大苏丹的宠信。陛下无我几乎一日不成,午餐和晚餐都要我陪同。先生们,我必须承认,土耳其皇帝是世上一切统治者中间最讲究美食的。但是,这是指菜肴而言,而不是说的饮料。不错,那里如诸位所知,穆罕默德的法律是禁止属下饮酒的。这就是说,在土耳其官方的筵宴上必须放弃一杯杯的美酒。但是,未公开发生的,却不罕见地秘密发生。尽管有禁令,不少土耳其人仍善于品尝美酒的味道。这对土耳其陛下也不例外。在官方的筵宴上即便只字不提酒,但事后陛下在密室内,却往往有一小瓶美酒在等待伺候。

有一次,大苏丹偷偷给了我一个友好的暗示,叫我跟着他

① 1英寻等于6英尺,约合1.8288米。

到他的密室去。当我们关上门,他便从一个小柜里取出一个酒瓶来,他说:“敏豪森,我知道,你们基督徒善于品尝美酒。我这里还有一小瓶托科伊甜酒,你这一生恐怕还没有尝到过。”于是陛下给我也给他自己各斟了一杯,并跟我碰杯祝饮。“怎么样?是不是特别好的美酒?”

“酒是很好,陛下,”我答道,“但是,请原谅,我必须说,我在维也纳已故皇帝卡尔六世那里,喝到过更好的美酒。天啦,陛下真应该尝一尝。”

“敏豪森朋友,我尊重你的话!不过,任何托科伊酒比我的这一瓶更好,是不可能的,因为我从一位匈牙利贵族那里只得到这一小瓶,他是极珍视这酒的。”

“开玩笑,陛下!托科伊和托科伊有很大的区别。赌点什么?我在一小时之内直接从皇帝的酒窖里给你拿来一瓶托科伊,它就无与伦比。”

“敏豪森,我相信,你在瞎扯。”

“我不是瞎扯。我能在一小时之内直接从维也纳皇帝酒窖里给您拿来一瓶和这种酸酒完全不是一码事的托科伊酒。”

“敏豪森,敏豪森,你想戏弄我,我可不允许这样。我一向把您看作极其诚实的人,但——现在我几乎相信,您是在吹牛。”

“哎,陛下,来试一试吧!我对一切吹牛都深恶痛绝,如果我没有兑现诺言,就请陛下砍下我的脑袋——我的头可不是一文不值的。你拿什么跟我赌呢?”

“好吧!我相信你的话。如果钟敲四下,这里没有那瓶托科伊，那么就得毫无怜悯地赔上您的脑袋；因为我不会让哪怕是最好的朋友来戏弄我。但如果您承受了您诺言的考验，那么你就可以从我的宝库里尽量取走金银珠宝，像最壮实的小伙子可以扛走的那么多。”

“这是值得听取的好建议，”我答道，马上要来笔和墨水，向女皇——玛利亚·特蕾西亚呈写如下奏章：

> 陛下无可争议地作为唯一继承人还继承了令尊大人的酒窖。惟愿我能通过本奏章的转呈者请求赐予一瓶我曾与令尊大人一起品尝过的托科伊甜酒。只是要最好的！因为这关系到一场赌赛。我乐于再次尽所能服务于陛下，并忠贞不渝等等。

已经是三点五分了，我立刻把奏章交给了我的奔跑者，他解下他的铅球，刻不容缓地奔上了通向维也纳的道路。

于是大苏丹和我在怀着对更佳美酒的期待中，把他瓶子里的剩酒全部喝光了。钟敲一刻，钟敲半点，钟敲四点差一刻，还没有听见和看见奔跑者回来。渐渐地，我承认，我开始感到一点闷热；因为我似乎觉得，陛下时不时盯着钟的指针，以便按铃叫刽子手来。我得到允许，出去到花园里散散步，以便呼吸点新鲜空气，只是我身后还有两个热心服务的精灵跟着，紧紧地盯着我。当指针指向五十五分钟时，我立即派人去找我的倾听者和射手。他们刻不容缓地来了。倾听者平躺在地面，倾听我的奔跑者是否来到。使我大吃一惊的是，他告诉我，那个混蛋还在离此地很远的什么地方睡大觉，而且鼾声如雷。我的勇敢的射手刚一听说，就跑上一个高台，使劲地眺望一阵后，惊讶地大喊起来："我的天，在贝尔格拉德的一株橡树下面，躺着那个二流子，身旁还有一瓶酒！等着瞧，我来帮你站起来！"他说着，便立即将火枪瞄准，向橡树巅射光满枪的火药。大量的橡实和枝枝叶叶落到了鼾睡者身上并惊醒了他。几乎睡过时间的恐惧，使他飞快地站了起来，拿着他的酒瓶和一份玛利亚·特蕾西亚的亲笔文书，于三点五十九分半钟来到了大苏丹的密室门前。这真是一个意外！

哎，领地的美食家在那里咂咂地饮着。他说："敏豪森，如果我把这瓶酒保存在我这里，你不会见怪吧。你在维也纳过得比我好。你还知道这类品牌更多的来处。"说着他把酒瓶锁进小柜里，把钥匙藏在裤袋里，然后按铃叫他的司库。哦，我的耳朵听到了多么悦耳的银铃声啊！

"我必须支付你的赌金。——这儿是，"他对走进房的司库说，"让我的朋友敏豪森从库房里尽量拿吧，像最壮实的小伙子能拿走的那样多！"

司库在他的主人面前匍匐到五体投地，而大苏丹对我真诚地摇着手，接着就同我们两个分别了。

先生们，正如你们所能想到的，我一刻也没有迟疑，就去兑现得到的指示，让我的壮士拿着他的长麻绳来，并一起前往库房。我的壮士打好包之后，留下来的一切，恐怕您也不会想去拿了。我带着我的战利品直接赶到港口，征用了那里找得到的最大的货船，带着我的全部仆役扬帆满载而去，以便在某种不测来临之前，把我的战利品带到安全的地带。

我担心的事情终于发生了。司库让库房的门敞开着——当然把它锁上也不再有必要，晕头转向地跑去找大苏丹，向他报告，我是如何完美地利用了他的指示。这对大苏丹来说，未免好得过了头。对他仓促指示的后悔不久出现了。他立即命令海军元帅率领全部舰队在我后面追赶，使我明了我们不是在打赌。我在海上还没有走到两里，就看见整个土耳其舰队在我身后全力以赴地追来。我必须承认，我重新为我的脑袋担忧。不过我的制风者就在身边，他说："阁下不必担忧！"于是他跨上我的船后甲板，让他的一个鼻孔冲着土耳其舰队，另一只冲着我们的帆，刮了相当充分的一阵风，以致舰队的桅杆、帆和船缆损坏得够呛，全队被吹回了港口，而我的船则在几小时内幸运地被刮回了意大利。

至于我的宝藏，却没有给我带来多少好处。因为在意大利，穷人和乞丐很多，警察那么糟，我的心肠又太慈善，不得不向街头的乞丐散去大部分，其余部分又在我前往罗马旅行的途中，被一帮劫匪抢走了。

绿原散文选

绿原/著

大难未死

一九二二年十一月八日（或者说民国十一年阴历九月二十日辰时），我生于湖北省黄陂县东乡渣湖梢刘家湾中段一家民房里。像一切婴儿一样，我出世的当儿，对我周围的大小世界无知无识，只会凭本能躺在妈妈怀里酣睡，或哭闹。我想，我的亲人们，包括妈妈、爸爸、姐姐们，一定对我讲过不少话，可我一句也听不懂，就是听得懂，也回答不了他们，因为那时我根本没有语言。等到一岁以后，妈妈教给我一点简单话语，我才开始同他们对话。从此逐渐知道，除了妈妈和爸爸，我还有四个姐姐，和一个哥哥，他们都比我大，而且有的大很多很多，我最小，所以深受父母喜爱。但是，对于亲身经历的往事，我开始留存记忆，却是很晚的事情。

略大一点，听妈妈说，我是几次大难不死的伢崽。在我出世之前，妈妈连生了四个女孩，虽然大哥是儿子，但单传在旧时代总让做父母的不放心。三姐降生时，乳名叫“带弟”，结果弟弟没带来，带来的还是一个妹妹——我的四姐。挑着担子来看小孙子出生的祖父,听说生的还是个“丫头”,一句话没说,转身就走了。妈妈尽管无辜,却感觉羞愧痛苦,她可能以为自己天生就是生女儿的命。到我快出世了,她断定还会是个女儿,便下了一个可怕的决心。在我出生那天,她没有通知任何亲友,只把尚未成年的大姐留在身边,叫她把房门闩上,再打一盆水端到床边来。当她咬着牙,悄悄地把我生下后,看也不看,就把这个“女性”血泡提起,扔进了床边的水盆里。可能是我命不该绝,父亲的嫂子——我的伯母这时冲进了我家,把闩着的房门拍得山响,大姐只好把门打开,伯母进房后,从水盆里把那血泡一把捞起,朝屁股猛拍了几下,随着“哇”的一声,我开始了人生的旅程。伯母大声嚷道:“造孽!造孽!是个儿呢!”妈妈却已听不见了,她已昏厥在床上。……日后,妈妈常常将这段故事讲给我听,讲完还笑着告诉我:“要不是天老爷厌弃你,怎么会让你活得到今天?”想来这应该算是我人生的第一次“灾难”吧。

第二次灾难未隔很久。生我时妈妈已经四十岁,没有母乳喂我,就为我请来了一位奶妈。这是一位邻村少妇,还不太会带孩子,自己的第一胎刚养就丢了。当时她的乳汁很丰富,足够用来喂养我。据姐姐们后来说;这位奶妈的乳房有半个足球那么大,似乎对我也构成了一种威胁。一天,她坐在天井里,一面喂着奶,一面同人说笑着,说笑中完全忘记了怀中婴儿的吮吸,她的大乳房整个地堵住了我的鼻孔和嘴巴,使我的脸憋得发紫了。这时我妈走了过来,不安地问道:“孩子怎么没有响动?”再走近一看,她忽然大叫起来:“不得了!不得了!孩子没气了!”

妈妈急忙把我从奶妈怀里抢出来，又拍又摇又哭又叫，我终于“哇”的一声，又回到了人间。从此我开始学喝米汤过日子。日后，妈妈也常常给我讲这段故事，讲完了又补上一句：“你的命也真贱，死两次都没死成！”说时，她脸上又荡漾起一层笑意。

以上两次经历，我没有任何记忆，都是妈妈讲给我听的，而第三次灾难，我自己却留有印象，始终也没有忘却。那是五岁左右，一个夏夜，洗完澡，妈妈和我坐在场院里乘凉，好像讲着故事，讲着讲着，忽然我什么也不知道了……等我慢慢地醒转过来，听见人声鼎沸，睁开眼睛，看见一大屋子人围着我和妈妈，妈妈坐在堂屋的油灯下，正抱着我痛哭，我看见白壁上晃动着一些巨大的可怖的阴影，吓得忙叫了一声：“妈！”只听见众人乱哄哄嚷道：“活转来了！活转来了！”……

从这时起，一个怪病在我身上生了根：往往玩得好好的，忽然一下子昏倒在地，大约一两分钟，等血流回了脑部，人才慢慢醒转过来。这怪病差不多每隔四五年会犯一次，每次都是经过一阵不可名状的预感，便突然丧失意识，倒在当时所在的任何地方。或者操场上，或者厕所里，或者马路边，或者书店门口，或者办公桌旁，或者单身囚室，或者牛棚的劳动场所……奇怪的是，除第一次外，以后从来没有一次犯病发生在自己家里。每当我灵魂出窍时，总是自己慢悠悠地醒转过来，不声不响地站起身，继续做原本该做的事。这个怪病延续到八十年代后，基本上没再犯了。

（2002）

和父亲一起背诗

我很早就成了孤儿。父亲去世时，我还不满四岁，我对他的记忆一直非常模糊。我出生后，他是不是在家，我当然记不得，也没有听妈妈说过。绞尽脑汁去回忆父亲，只隐约有那么两件事。

头一件是一桩“有偿劳动”，就是我给他捶腿，他为我的这点劳动，总要给一点儿报偿。他晚年常躺着嚷腿痛，我是他的小儿子，就叫我给他捶捶，捶完了一面说：“真舒服，真舒服！”一面便把他抽烟少不了的云片糕拿出来，慷慨地分一点儿给我吃。而且，事先讲好了：捶一下给一片。于是我越捶越带劲，往往捶一回，可以分到一二十片。因此，我很高兴，父亲也很高兴，连叫“好儿子，好儿子！”

另一件就跟诗有点关系了。老家堂屋里挂着不少对联，其中有一副字很少，父亲每天都要驮着我，到它面前指着字，一个个地教我念。念着念着念熟了，他就开始来考我，可不是像后来私塾老师那样，考得不及格要打手板，而是考得很有趣，简直是一场游戏。他管这场游戏叫“互相帮助”：他驮着我，从那副对联走开去，先念出一个字，要我接着念下一个字，于是他又接着念，一直把两联都念完，然后哈哈大笑，把我放下来。这时，妈妈就来牵我去吃饭了。

我至今仿佛记得，父亲先念“读”，我接着念“书”；他又念“破”，我就念“万”；他再念“卷”，我马上跟着念下联的第一个字“落”；两人又一人一个字：“笔”字下面跟“超”字，“群”字下面跟“英”字，于是像比赛一样地把这副对联背完了。直到父亲死了多少年，我已认识不少字，才知道“读书破万卷”和“落笔超群英”是两个集句，当时他教我读这两句，也许是对我的过高期许吧。

此外，还隐约记得，我学会数数不久，父亲教过我一首无题诗，与数字有关，很好记：

一去二三里，
烟村四五家，
亭台六七座，
八九十枝花。

如果这也算是诗，那么它就是我读到的第一首诗了。

（2003）

跟母亲学山歌

我的母亲不识字，她不能教我念诗。但是，她记得许多山歌，一唱起来，往往比念诗更打动我的心。因此，在父亲去世以后，我还能从她继续获得文化上的哺育。后来我欢喜起诗来，对山歌仍然很留恋，可以说，跟母亲的歌教不是没有关系的。

山歌并不比诗更有艺术性，却往往有诗（不论是古诗还是新诗）所没有的某种魅力。这里所说的“山歌”指我最初在乡村听过、唱过，后来到城市里再不唱了、甚至再也听不见了的儿歌。我学到的第一首，至今还记得，是一首浅显得几乎没有什么意思的顺口溜：

月亮走，我也走，
我给月亮提笆篓。
提着笆篓去送油，
姊妹三个会梳头：

大姐梳的盘龙结，

二姐梳的凤冠头，

只有三姐不会梳，

梳个茅包绾绣球。

还记得第二首，或者第n首，是更有趣味的颠倒歌：

倒唱歌，顺唱歌

河里石头滚上坡

先生我，后生哥

爹接妈，我打锣

我打舅舅门前过

舅舅正在摇家婆

此外，还记得几个韵体哑谜，在造型上由于奇妙的夸张，使我获得近乎诗意的满足，至今难忘。例如，

一粒谷，照满屋？——灯；

一粒米，驮不起？——石滚；

……

可惜妈妈死得也很早，她教我的山歌虽不少，大半给我忘掉了，忘掉了再也补不齐了。后来，无意间我在一本什么书上，发现一些不同版本的颠倒歌，似乎比妈妈唱的那一首更有趣，却不知怎么，虽然每首仍能使我不禁莞尔，我却不再像儿时那

样哈哈大笑了。这里顺便抄录当时相当喜爱的两首：

小槐树，结樱桃
杨柳树上长辣椒
吹着鼓，打着号
抬着大车拉大轿
苍蝇踏死驴
蚂蚁踩塌桥
木头沉了底
石头水上漂
小鸡叼着饿老鹰
老鼠拉个大狸猫
——你说可笑不可笑？

还有一首如果不是更可笑，至少是同样可笑：

东西路，南北走
十字路口人咬狗
拾起砖头去打狗
砖头咬住狗的手

吃牛奶，喝面包
夹着火车上皮包
下了皮包往南走

看见一个人咬狗
拿起狗,砍砖头
反被砖头咬一口

另外,我还读到过一些外国儿歌,也非常有趣,可惜押韵和流畅难以两全,不容易翻译。这里试译几则,以见一斑。例如:

我看月亮,
月亮也看我;
上帝保佑月亮,
上帝也保佑我。

又如,

小猫,小猫,你上哪儿去了?
我上伦敦去把女王瞧。
小猫,小猫,你上那儿干啥去?
我去吓唬她椅子下面的小老鼠。

又如,

到巴比伦有多少哩?
六十哩再加十哩。
可不可以点蜡烛去?可以,
点着回来也来得及,
只要你的腿脚还麻利,

你可以点着蜡烛去那里。

又如，

旷野里一个人问我，
大海里草莓长了多少个？
我想了好一会儿才跟他说：
像林子里长的红鲱鱼一样多。

够了，由此可见，从艺术特征来说，外国儿歌和中国儿歌是一样的：一，内容生活化，不讲深奥的道理；二，形式口语化，不用任何文言；三，整体要求自然，诙谐，健康。实际上，这三条也正是任何优秀诗歌的创作标准。自不待言，不论是作者还是读者，最重要的是，有一颗真正和儿童相通的童心。可惜我的这颗童心，随着妈妈的去世，不知怎么慢慢消失无踪了。

（2003）

我笑不起来

七八岁的时候，我跟着妈妈到姥姥家去。姥姥是个失明的人，去年死了她的独生子，也就是我的舅舅，一个人住在乡下。她是个好强的人，总爱说放心，放心，她能一个人过。妈妈大概多年没回娘家了，因为她到哪儿都要把我带着，而我却怎么也记不起，上次到姥姥家是什么时候。

妈妈一见姥姥就喊“妈！”我听来觉得挺别扭。姥姥什么也没望，两眼朝前瞪着，管妈叫“伢子！”我听了更觉得别扭。她们娘儿俩好久没见面，见面也没什么客气话，一开口就谈家常。谈的人和事，我都不知道，只好呆坐在妈妈身旁小竹椅上，没趣得很。坐了老半天，满以为她们谈完了，可还没有。我便拉着妈的手说：“妈，家去吧！”妈没搭理我，仍同姥姥谈着。没辙儿，我便把妈妈的手往下拽着，大声嚷道：“家去吧！”这时，姥姥把那白眼珠转过来瞪着我：“这细伢，出去玩，让你妈歇歇吧。”我吓了一跳，只好不做声，因为我是个乖孩子。可我心里，实在不高兴这位老太太，仿佛她要从我身边抢走我妈似的。

谈着谈着，姥姥终于起身说："我去下碗油面你们吃。"妈妈说："我来下吧。"姥姥说："不，不，你不知道我的佐料放在哪儿。"妈妈只好让她下厨房去了。姥姥一走，妈妈就答应我："咱们吃完面，就家去。你可别再嚷嚷，免得姥姥不高兴。"

十多分钟以后，姥姥颤巍巍端着一个大碗走了出来，说："你们娘儿俩分着吃吧。"面碗一放到桌上，我忍不住嚷了起来："妈，你瞧——"妈妈连忙捏了我一下，我也马上忍住没再嚷。原来那面碗里装的不是面，黑糊糊泡着一团不知什么东西。——谁也想不到，那是一团抹锅台的抹布巾子。原来姥姥看不见，把破破烂烂的抹布巾子当作面条，扔到开水锅里去了，她要下的油面还整整齐齐摆在锅盖上面。

只听妈妈用异样的声音，冲我直嚷："孩子，快吃，快吃。姥姥给我们下了面，我再给姥姥下面去。"在妈妈的嚷嚷的掩护下，我的忍不住的笑声才没有让姥姥听见。但是，在回家的路上，和妈妈再谈起这件事，不知怎么，我又实在笑不起来，因为妈妈问我："你能对瞎了眼的老太太说她煮了一锅抹布吗？"

（2003）

月是故乡明

人人都有个月亮，我也有我的一个。它最初挂在故乡的半空中，由一株伤残的枣树的树冠承托着。富饶的柔光倾泻在一小块贫瘠的只栽着几畦豆荚的园地上，或者在巨伞似的婆娑的树影上。一个寂寞到不懂什么叫寂寞的孩子，正在跟着妈妈学唱歌，至今还记得的一句词儿是，“倒唱歌，顺唱歌，河里石头滚上坡……”多么荒诞，又多么纯净，多么遥远，又多么难忘。人和世界仿佛沉浸在童话里，在一块辽阔而透明的蓝色水晶里。

人匆匆长大了，却很少再见到我的月亮，它仿佛悄然离我而去。其实，它一直陪伴着我，就在我的身边，只是我辜负了它的情意，很少注意到它的存在罢了。一辈子将近完事，它和我的亲密交往只剩下若干片段，不时还能引起一阵纯审美的回忆。或者在一条荒野的山路上，它在天上，像只灯笼似的率领着，朦胧地照着我和几个伙伴走夜路；或者同学们都睡了，我独自在空荡荡的操场上，在它的静穆的照耀下彳亍着；或者在城市边缘一间茅屋，没有电灯，它照着我和妻为新生婴儿换尿布；或者在熟睡的四合院里，劳动的左邻右舍在为明天而休息，我起身披衣，坐在月色溶溶的窗下，为人们对它的淡漠而惊讶；或者在茫茫然被投入其中的激烈的斗争浪潮中，我只有在夜深人静时，让流血的心偶尔接受它的抚慰；或者在监狱的铁栏杆后面，孤单的我只有靠它传递我对妻儿的和她们对我的思念……

而今我老了，越来越少看见我的月亮，也就越来越思念它了。特别在大城市，一住就住几十年，到了夜晚，一大片霓虹灯光代替了日光，似乎从来不知道还有什么月亮。偶然走到一条僻静的小胡同，从那些人工灯火的缝隙里，抬头竟会见到那个熟悉而又陌生的苍白的面影。哦，它就是我久别的月亮，显得那么清瘦，那么忧愁，让我不免大吃一惊。人生有限，从此决心和它厮守下去，再也不相互离弃了。要让它永远挂在我心中的故乡的天上，仍然由那株枣树承托着，仍然听我用纯正的乡音，为它唱“河里石头滚上坡”，仍然让它用蓝色水晶似的柔光，照着我贫瘠而又富饶的小世界。

世界上美的东西很多很多，对我说来，心中故乡的月亮大概是最美的。

（2004）

我家的“空中花园”

老伴少年时期在农村种过地，对大自然的青山绿水情有独钟；住进城里以后，也一直喜欢种点花花草草，以致养成了习惯。只要住在平房区，附近哪怕有巴掌大一点土壤，她也总想造些绿色出来，否则便觉得缺点儿什么。

我家在北京住了半个多世纪，搬了好多次家。最初住在大机关的宿舍区。五十年代中期搬到景山东街的西斋，屋前有两平方米的土地，经过整治，于是出现了牵牛、茉莉、鸡冠花、五色莲等花卉；到困难时期，老伴又引着孩子们种起丝瓜、辣椒、蛾眉豆来。六十年代搬家到南城的后孙公园一号，这里是两进的小院落，门前的地又多了一点儿，于是家里人种了一株葡萄。几年后结出果实，不仅紫得可爱，而且又香又甜，用面盆来装，自家吃不算还送给左邻右舍尝鲜。可惜到了“文革”，我们简陋的平房还是被有的造反派看上了，强迫我家离开小院，迁入附近一个大杂院内。葡萄藤当然带不走，我们刚离去，随后就被一家造反派挖走了。大杂院里门前无土地，社会上的阶级斗争也使人无心种花，也就只在屋檐下保留了几盆势头不旺的小花。八十年代初，我家搬到工体附近的东中街的宿舍一楼。房后有个小天井，老伴就在那里砌起一个小花坛，种些吊兰、茉莉之类，它们当年就长得鲜活，繁茂，而又泼辣。

八十年代末，我离休后家又搬到东郊八里庄的四层楼上。这里离地面更远了，踩不到土壤，老伴的园艺无用武之地，使她很憋闷。可想不到过了不多时，原来仅有搬家带过来的几盆稀疏花木的阳台重又热闹起来。先是在地面上多了几盆小花小草；后来为了方便观赏，支起一张旧课桌，不久嫌桌面太小，又在旁边接出一些木板，扩大开去；于是，花盆、花钵，大大小小，高高低低，摆得错落有致，十多年过去，竟然冒出几十盆名目繁多的品种来。据一向跟老伴一起耐心拾掇的女儿计算，就有水竹、文竹、吊兰、九月莲、芦荟、茉莉、米兰、龟背竹、竺顶红、七色椒、滴水观音、大青叶子、冬青、绿萝、燕子掌、大叶海棠等多种。不过，最使家人赏心的却是培植多年的昙花，它们是由后孙公园的邻居赵大爷当年送的一株幼芽，长壮了分株分出的三盆。老伴多年来对它们细心护理：冬天怕它们冻着，春夏又经常给它们浇淘米水，上马掌水，以至于它们年年开花。这种昔日国人从墨西哥引入的植物，平日其貌不扬，但开出的花却洁白硕大，沁人心脾，丝状的花蕊也别有风味。它浓郁而又似乎淡雅的芬芳，像是为老伴、也为我们大家做出的回报。今年夏天，它们就已数度开放，不再是“昙花一现”了。第一拨花孕育了六枚花蕾，似乎约好了在同一个晚上一齐开放。那晚，整夜的花香，伴随着梦香。只可惜昙花往往开放得太迟，天黑后才姗姗张开花瓣，盛开往往要等到三更半夜；同时开放的时间也短了些，往往顾影自怜几小时便收拢了它的花瓣，让人为之不胜惆怅。我曾给它写过一首诗，题为《昙花一现前后》，最后两节记得如下：

那么请停留停留一下
你一片洁白的温柔
可怜我照例醒来已盲
看不见你最后的回眸（拟人）

我既来过你我将永远同在
请珍惜一点遥感的微波
尽管明天世界万紫千红
你再也找不到那一朵我（拟花）

面对她从无到有开垦出来的一片绿色空间，老伴心满意足之余，把它戏称为“空中花园”。古代巴比伦的空中花园为世界七大奇迹之一，那不过是一系列分层设园的平台，据传是专为亚述王后萨穆拉玛特所建的。我家的“空中花园”，则是一系列分层设盆的平台，规模虽小，对人的重要性却也不次于巴比伦的奇迹。这里四季常青，即使到了万物凋零的冬天，也漾然一派春意。老伴做完家务，常到她的“花园”走走，看看哪个枝子长出了新叶，哪个蓓蕾开出了新花。她常说：“大自然是人类的母亲。我们有这个空中花园，也算离母亲的怀抱并不太远。”

（2004-07-14）

武汉，哦故乡

一生四下漂泊，久已远离故乡。比起后来到过的任何地方，故乡武汉给我留下的印象已渐渐模糊了。奇怪的是，它越模糊，反而越显得深刻，不得不使我若有若无地感到一缕淡淡的哀愁。

我生在湖北黄陂乡下，婴年记忆已漫漶不清。六七岁到武汉，上学读书，接着经受对于儿童最是不幸的丧母之痛，它预示了我随即背井离乡的命运。日本人打来了，只身流亡大后方，长期做着有家归不得的游子梦。九年后承抗战胜利之赐，得以偕妻携女复员归来，这时我已长大成人。迎接全国解放和新中国成立不久，我又告别故乡北上，此后很少回去过，只有偶尔几次探亲访旧之行，心里一直还装着住在那儿的唯一的胞姐，和几位推心置腹的童年老友。

武汉在中国，处于中心的地理位置，与四面八方的通都大邑保持等距离。它的轮船往东航向上海，往西航向重庆；它的火车往北开到北平，往南开到广州。这些便利的旅行条件，我儿时从没有享受过；当时最令我难忘、至今一直令我神往的，却是从武昌到汉口一次历时半小时许的轮渡。每当船一离岸，便从拥挤的乘客中间，站出了一位衣冠楚楚的长袍客，他用右手指着左手拿着的小商品（大抵是“虎标万金油”之类），口齿伶俐地宣讲着它的种种好处；接着便是相应的推销活动——他把时间掐得很准：货款两讫，船即靠岸。看来，轮渡既让我欣赏浩浩荡荡大江东去的壮美，还常常为我提供了观察人情世态的机会和趣味。记得“一二·九”运动期间，我在武昌念初中，一天跟着高班同学们到省交通厅静坐示威，要求政府恢复被勒令停开的轮渡……据说政府禁止武昌学生过江，是怕他们和汉口学生会合北上，去同平津学生一起闹事。这是我生平第一次参加的政治活动，可也是大桥建设以前的故事了。

离开武汉多少年，忘不了武昌的黄鹤楼、抱冰堂和蛇山，那里有我遗失了的童年的幻想；忘不了汉口交通路的书店，我在那里站着阅读过呼吁抗战的书刊；忘不了江汉关的大钟，我当年正是在它沉郁的铛铛声中，第一次黯然离开了故乡；还记得汉阳鹦鹉洲畔，我复员归来，赋闲待业，和多年不见的老友邹荻帆、伍禾、冀汸、曾卓、胡天风等短暂欢聚后旋即星散。这些往事，一一经过我的脑海，都像彗星一样，总要拖着长长一条怅惘烟云的长尾巴。

武汉，我的故乡，我忘不了你性格分明的大暑和大寒（武汉位于中南区北部，冬季一般不生火炉，室内温度常低于北方），忘不了你又快又响的热心快肠的谈吐节奏；说来见笑，其实你的哪个游子又不是像我这样：尽管离你再久再远，依然要常常想起儿时吃不厌的米粑和面窝，想起过客个个赞不绝口的三鲜豆皮，以及什么珍馐也比不上的粉藕煨肉汤。然而，这一切已不过是我的褪色的记忆了。“别来世事一番新，只吾徒犹昨”，我仍对陈年往事津津乐道，恋恋不舍，岂不令年轻的同乡大跌眼镜么？

武汉，哦故乡！想来你已不再是你原来的样了，你完全变了，变得我不认识了，虽然你过去流动的风采仍凝固在我心中，而它仍不过是我对你的浓郁怀念的沉淀而已。一想到你，故乡，任何游子都不会不若有若无地感到一缕淡淡的哀愁。古诗有云，“四顾何茫茫，东风摇百草。所遇无故物，焉得不速老？”难道是因为游子他老了，老到步履维艰，已无“落叶归根”的盼望么？尽管如此，只要这点“淡淡的哀愁”还留着，你在他心中越模糊越显得深刻的影像，我想是永远也不会磨灭的。

（2005年元旦前夕，刊2005年《长江日报》）